D⁼'

Y Plant

D0680058

Y Planhigyn

MIHANGEL MORGAN

Argraffiad cyntaf: 2014

Comisiynwyd y gyfrol hon gyda chymorth ariannol AdAS

Llun y clawr: Rachel Booth Davies

Rhif Llyfr Rhyngwladol: 978 1 84771 743 6

Cyhoeddwyd ac argraffwyd yng Nghymru
gan Y Lolfa Cyf., Talybont, Ceredigion SY24 5HE
gwefan www.ylolfa.com
e-bost ylolfa@ylolfa.com
ffôn 01970 832 304
ffacs 832 782

Siopa

Cafodd Martin ei orfodi i fynd i siopa gyda'i fam a'i chwaer, Siwsi. Roedd yn rhaid iddyn nhw fynd i brynu bwyd i ddechrau, ar gyfer y mis canlynol. Doedd gan Martin ddim amynedd mynd o siop i siop i chwilio am sglodion wedi'u rhewi, wyau, cig a bara. Roedd siocledi a hufen iâ a chreision a phop yn iawn – ond brocoli? Moron? Pych! Aeth y siopa bwyd ymlaen am oriau ac wedyn roedd yn rhaid iddyn nhw fynd i siopa am ddillad. Roedd ei chwaer wrth ei bodd, wrth gwrs. Ond doedd gan Martin ddim amynedd aros i'w fam gael gweld a fyddai'r trowsus yn ffitio neu'r crys yn gweddu iddo.

"Ga i fynd i'r siop deganau, Mam?"

"Na, sdim amser," meddai Mam.

"Y siop gêmau?"

"Na, sdim amser a sdim arian."

"Gawn ni fynd i'r siop anifeiliaid anwes 'te?"

"Na, dim gobaith. Mae 'da ni fochdew, ci a chath yn barod."

Roedd y trip siopa yn ddiddiwedd ac wedyn roedd yn rhaid iddo gario rhai o'r bagiau. Doedd Siwsi ddim yn cario unrhyw fag. O na, roedd hi'n rhy bwysig i hynny! Pwy oedd hi'n meddwl oedd hi? Tywysoges, seren ffilmiau neu seléb byd-enwog? Ond er ei bod hi'n cogio bod yn ledi weithiau, gwyddai Martin yn well. Gallai hi fod yn wirion o blentynnaidd ar brydiau, yn chwarae gyda doliau ac yn rhoi maldod i'w chath. Ond roedd ei fam yn drymlwythog â bagiau yn barod, felly doedd dim dewis ganddo ond helpu.

Yna, ar ben popeth, pan oedden nhw ar eu ffordd adre, roedd yn rhaid mynd i'r siop flodau.

"O, ych-a-fi!" meddai Martin. "Pam y siop flodau? Mae'r lle'n drewi fel piso cath!"

"Mae Mrs Hammer yn yr ysbyty," meddai Mam, "a dwi moyn mynd â thusw o flodau iddi."

A dyna lle roedden nhw, yn y siop flodau o bob man, yn edrych ar flodau – wel, roedd ei fam a'i chwaer yn edrych arnyn nhw ac wrth eu bodd yn eu gwynto nhw.

"Mmm!" meddai Siwsi gan wynto tusw o flodau melyn a chau ei llygaid.

"Mmm! Hyfryd," meddai Mam a hithau'n cau ei llygaid wrth wynto tusw o flodau gwyn.

Pam maen nhw'n cau eu llygaid? A pham mae dewis blodau yn cymryd cymaint o amser, a dim amser o gwbwl i gael cipolwg sydyn yn y siop gêmau?

Edrychodd Martin ar y cactws pigog ac ar y planhigion dieithr a edrychai'n debyg i gerrig bach, a'r rhai â dail fel llafnau gwyrdd a melyn. Roedd rhai o'r planhigion yn ddiddorol, roedd yn rhaid iddo gyfaddef.

A dyna pryd y gwelodd y Genau Fenws – planhigyn bach mewn potyn a oedd yn bwyta pryfed bach.

"Mam! Ga i un o'r rhain?"

"Na chei, sdim arian a sdim amser. Dere, dwi wedi cael blodau i Mrs Hammer. Ni'n mynd."

Wrth lwc, roedd gan Martin ei bres poced – papur pumpunt – a dim ond dwy bunt a hanner can ceiniog a gostiai'r planhigyn. Felly, aeth ag un o'r potiau bach at y cownter a'i brynu cyn i'w fam gael cyfle i ddweud 'Na' eto.

Planhigyn Genau Fenws

Y noson honno, dododd Martin y planhigyn i sefyll mewn soser o ddŵr. Roedd y label yn dweud bod yn rhaid cadw'r pridd yn wlyb. Wedyn, dododd y potyn ar y sil ffenest yng nghanol ei gasgliad o ffigyrau rhyfelwyr y gofod. Agorodd gil y ffenest yn y gobaith y denai gleren i mewn er mwyn iddi gael ei bwyta gan y planhigyn. Roedd ganddo gylch o gegau bach hanner crwn a phigau ar hyd ymylon y cegau. Pan fentrai'r pryfed yn rhy agos fe gaeai'r safn amdanyn nhw. Roedd Martin yn ysu am weld hyn yn digwydd ond ni ddaeth yr un gwybedyn drwy'r ffenest. Mewn rhai tiroedd naturiol gallai Genau Fenws fwyta pethau mor fawr â chwilod a brogaod ifanc. Ond doedd hi ddim yn syniad da i orfodi'r maglau i gau drwy gyffwrdd â nhw. Doedd dim rhaid i'r planhigyn gael pryfed o gwbwl, dim ond digonedd o ddŵr, ond fe allai gael tameidiau bach, bach o gig neu bysgod o bryd i'w gilydd.

Aeth Martin i chwilio am glêr. Weithiau byddai rhai o gwmpas ffenest y stafell ymolchi ond doedd dim yno'r noson honno. Aeth Martin i lawr i'r gegin.

"Mam," meddai, "oes 'da ti gleren neu ddwy?"

"Oes," meddai Mam. "Dwi'n cadw rhai yn yr oergell."

Ond tynnu coes oedd hi.

Aeth i stafell ei chwaer. Roedd Siwsi'n siarad ar ei ffôn bach ac roedd ei hen gath, Josephine, yn eistedd ar ei gwely.

"Oes cleren neu ddwy 'ma?" gofynnodd Martin.

Edrychodd Siwsi arno fel petai'n dod o blaned arall ac yn siarad iaith estron. Arhosodd e ddim am ateb gan fod holl bincrwydd y stafell yn codi pwys arno.

Amser swper – sglods a sgod a brocoli a moron – cadwodd Martin damaid bach o'r pysgodyn heb ddangos i neb. Dim ond tamaid tenau maint blewyn amrant. Ac amser gwely, gollyngodd Martin y gronyn pysgodyn i geg y fagl fwyaf ar y planhigyn. Snap! Caeodd y genau gwyrdd am y bwyd. Roedd Martin wrth ei fodd. Roedd y planhigyn yn gweithio felly, ac yn dal yn fyw.

Lila

Doedd gan Martin ddim llawer o ffrindiau. Dim ond Lila. Roedd Lila'n casáu chwaraeon ac yn hoffi darllen. Yn wir, roedd hi wastad â'i thrwyn mewn llyfr. Roedd Martin yn casáu chwaraeon hefyd, felly, yn naturiol, doedden nhw ddim yn boblogaidd gyda'r bechgyn eraill na rhai o'r merched. Ar fuarth yr ysgol, cadwai Martin a Lila iddyn nhw eu hunain mewn cornel, yn y gobaith o beidio â denu sylw'r bechgyn mawr.

"Dwi wedi cael planhigyn sy'n bwyta pryfed," meddai Martin.

"O, dwi wedi gweld rheina'n y dre," meddai Lila, oedd yn gwybod popeth. "Ceg Nain mae Dad yn eu galw nhw. Dwy bunt a hanner can ceiniog. Ti wedi'i weld e'n bwyta pryfed?"

Roedd Martin yn gorfod cyfaddef nad oedd e, ond dywedodd iddo roi mymryn o bysgodyn iddo a bod y fagl wedi cau'n dynn amdano. Roedd gan Lila ddiddordeb mawr.

"Mae'n wahanol i blanhigion eraill," meddai Martin. "Mae'n gallu symud a bwyta pethau. Mae'n debyg i rywbeth byw, mwy fel pryfetyn neu aderyn, fel anifail bron."

"Fel anifail anwes," meddai Lila.

Cytunodd Martin.

"Yn y llyfr *The Day of the Triffids*," meddai Lila, "mae'r planhigion yn tyfu a thyfu ac yn gallu cerdded."

Yna, dyma Leyton yn ymddangos. Unig bwrpas bywyd Leyton oedd gwneud bywydau Martin a Lila'n boen. Roedd e'n chwe throedfedd, yn yr un dosbarth â Siwsi, bron yn bymtheg oed ac yn dalach na rhai o'r athrawon. Brasgamai ar hyd y buarth a chriw o addolwyr wrth ei gwt.

Taflodd Leyton bêl rygbi at ben Martin a gweiddi "*Loser!*" – ei hoff air, a gair a weithiai ar ei griw o ddilynwyr fel switsh, gan beri iddyn nhw chwerthin nes eu bod yn wan.

"Hei, Ffarti Marti, tafla'r bêl 'nôl."

Cododd Martin y bêl a'i thaflu i ddwylo mawr Leyton. Roedd ei freichiau'n hir a bron â chyrraedd y llawr.

Taflodd Leyton y bêl yn ôl at ben Martin eto, gan beri i'w ffrindiau chwerthin unwaith yn rhagor.

Wrth lwc, canodd y gloch yr eiliad honno ac aeth pawb i mewn i'r ysgol. Fel arall, byddai Leyton wedi chwarae'r hen dric gyda'r bêl drosodd a throsodd er mwyn difyrru'i griw.

Gwisgai Leyton siwmper â gwddf siâp V, â'i enw mewn llythrennau gwyn bras ar draws ei frest.

"Rhag ofn iddo anghofio'i enw ei hun!" meddai Lila.

Ms Carson

Roedd Martin yn hoff iawn o un athrawes arbennig yn yr ysgol, sef Ms Carson, a'r bore hwnnw roedd hi'n adrodd stori Blodeuwedd o'r Mabinogi i'r dosbarth. Crëwyd Blodeuwedd o flodau gan y dewin Gwydion fab Don a Math fab Mathonwy fel gwraig i Llew Llaw Gyffes. Er ei bod hi'n fenyw roedd hi'n dal i fod yn blanhigyn, yn ôl Ms Carson, ond doedd Martin ddim yn siŵr beth roedd hynny'n ei feddwl. Fe gwympodd Blodeuwedd mewn cariad â dyn arall, Gronw Pebr, a chynllwyniodd y ddau i ladd Llew Llaw Gyffes. Ond roedd y rhan hon o'r stori yn gymhleth a doedd Martin ddim yn siŵr iddo lwyddo i ddilyn y cyfan. Byddai'n cymryd blwyddyn gron i wneud gwaywffon arbennig i ladd Llew a byddai'n rhaid i Gronw sefyll ag un droed ar gefn bwch a'r llall ar ymyl cafn. Braidd yn anhygoel! Ta beth, ni chafodd Llew ei ladd ar ôl yr holl drafferth; yn hytrach, cafodd ei droi'n eryr. Ac fel cosb, cafodd Blodeuwedd ei throi'n dylluan.

Dal pryfetyn

Ar ôl sefyll ar y sil ffenest am bythefnos, fe dyfodd y Genau Fenws. Roedd gyddfau rhai o'r maglau yn hirach, a'r maglau hanner crwn â'u cegau'n agored yn barod i ddal pryfed. Ond er bod digon o bryfed ar hyd y lle, doedd Martin ddim wedi gweld yr un ohonyn nhw'n cael ei ddal gan y planhigyn eto. Serch hynny, byddai'n dal i'w fwydo â thameidiau o gig neu bysgod o bryd i'w gilydd er mwyn gweld y maglau'n cau.

Un prynhawn, roedd Martin a Macsen, ei gi trwyn smwt, yn chwarae Scrabble gyda Lila ar lawr stafell Martin pan ddaeth cleren fawr las, swnllyd drwy'r ffenest.

"Ych-a-fi," meddai Lila. "Mae'n gas 'da fi glêr glas."

Rholiodd Martin gylchgrawn a cheisio taro'r gleren. Yna, ehedodd y gleren las yn agos at y planhigyn ac mewn chwinciad fe gaeodd y geg fwyaf amdani. Snap!

"Waw! Welest ti hynna?" gofynnodd Martin.

"Do," meddai Lila.

"Roedd hynna'n wych!"

"Creulon," meddai Lila.

"Na," meddai Martin, "mae'n hollol naturiol."

Teimlai Martin yn falch o'i blanhigyn ac o'r ffaith fod Lila wedi bod yn dyst i'r tro cyntaf iddo'i weld yn dal pryfetyn.

Leyton

Mynd â Macsen am dro yn y parc roedd Martin pan glywodd lais cyfarwydd.

"Oi! Be ti'n neud 'da'r ci hyll 'na?"

Teimlodd bêl rygbi'n taro'i ben. O na, meddyliodd Martin, dyma fi a Macsen yn y parc gyda Leyton a neb arall. Mae'n bywydau ni mewn perygl.

Daeth Leyton atyn nhw i nôl ei bêl.

"Ych-a-fi," meddai gan blygu i lawr a syllu i wyneb Macsen. "Weles i erioed gi mor salw."

Doedd dim modd dadlau am hynny gyda Leyton.

"Ti'n iawn," meddai Martin yn hytrach na thynnu'n groes. "Mae wyneb od 'da fe."

"Pa fath o gi yw e?"

"Pwg," meddai Martin.

"Ha, enw twp!" meddai Leyton, gan chwerthin yn ddirmygus. "Beth yw ei enw fe?"

"Macsen," meddai Martin, gan rag-weld ymateb Leyton.

"Enw twp arall. Mae'r ci 'na'n fwy twp na ti!"

Taflodd Leyton y bêl at Macsen a phan udodd y ci wrth gael dolur, chwarddodd Leyton. Roedd e wrth ei fodd.

"Oi! Os gwela i ti a'r ci ych-a-fi 'na yn y parc eto dwi'n mynd i'w daflu fe, a ti, i'r llyn, ocê?"

Ac ar ôl iddo fwrw'r bêl yn erbyn pen Martin unwaith yn rhagor, er mwyn pwysleisio'i eiriau, cerddodd Leyton i ffwrdd. Cafodd Macsen ei ddychryn ond roedd e'n iawn.

Sil ffenest anniben

O'r diwedd, daeth gwyliau'r haf. Dim ysgol. Roedd y planhigyn yn tyfu'n gyflym. Roedd Martin wedi dechrau cadw jariau bron yn wag, â gweddillion jam a marmalêd ynddyn nhw ar hyd yr ochrau ac ar y gwaelod. Byddai'r rhain yn denu pryfed a chlêr ac ambell bicwnen, a byddai maglau'r Genau Fenws yn eu dal. Wrth gwrs, roedd y pryfed yn denu corynnod ond roedd y maglau'n dal y rheini hefyd. Roedd Martin wedi gweld corryn yn ceisio dal cleren ac yn gorfod pasio genau un o faglau'r planhigyn, ac yna chwap! Dyma'r fagl yn dal y corryn a'r gleren ar yr un pryd.

"Martin!" meddai Mam. "Mae'r sil ffenest yn ofnadwy o anniben. Pryd wyt ti'n mynd i daflu'r hen jariau 'na?"

"Mae e'n dal clêr i'w blanhigyn," meddai Siwsi, Miss Gwybod-popeth.

"Wel, os nag yw e'n cael gwared â'r hen bethau brwnt fe gawn ni lygod yn y tŷ."

"Dyw Genau Fenws ddim yn gallu dal llygod," meddai Martin, "dim ond creaduriaid bach fel pryfed."

"Dweud o'n i nad ydw i eisiau denu llygod i'r tŷ," meddai Mam, "nid awgrymu eu bwydo nhw i'r planhigyn."

Bwyd plastig

Aeth Martin â Macsen am dro – ond nid i'r parc, rhag ofn iddyn nhw gwrdd â Leyton eto. Aethon nhw i'r mymryn o dir gwyllt ar lan yr afon. Anaml y bydden nhw'n gweld unrhyw un yno. Tyfai'r gwrychoedd a'r coed yn uchel ac yn ddireolaeth ac roedd yno olion hen adeiladau. Mewn cilfach roedd adfeilion rhes o fythynnod bach a fu'n wag ers blynyddoedd, heb do a heb ffenestri. Roedd Martin wrth ei fodd yn archwilio'r hen dai. Byddai'n dychmygu pobol yn byw ynddyn nhw – hen wragedd tew yn gwisgo ffedogau, yn golchi dillad mewn twba, yn ceryddu plant bach. Pam oedd y lle wedi cael ei adael i fynd â'i ben iddo fel hyn? Oedd ysbrydion yno tybed? Roedd natur wedi adfeddiannu'r lle a chwyn a choed ifanc yn tyfu trwy dyllau yn y waliau a'r lloriau.

Pan aeth Martin tua thre, rhedodd Macsen lan stâr o'i flaen, yn gyfarth i gyd.

"Be sy'n bod, Macs?"

Pwy oedd yno yn sefyll uwchben y Genau Fenws ond Siwsi, a golwg euog ar ei hwyneb.

"Siwsi!" meddai Martin yn ei lais mwyaf awdurdodol. "Be ti'n neud?"

"Bwydo'r rhain i'r planhigyn," meddai ei chwaer, gan ddangos gleiniau o hen fwclis oedd wedi torri.

"O na!" gwaeddodd Martin. "Plastig yw'r rheina. Gallai un ohonyn nhw fod yn ddigon i ladd y planhigyn!"

Ond roedd hi'n rhy hwyr. Roedd y fagl wedi cau'n dynn am y glain, a'r genau wedi cau. Doedd dim modd ei agor wedyn i gael unrhyw beth yn ôl. Teimlai Martin yn grac. Weithiau gallai ei chwaer fawr ymddwyn fel chwaer fach, gyda'i doliau a'i mwclis a'i ffordd o wneud pethau gwirion fel hyn.

"Wyt ti wedi rhoi rhywbeth arall iddo fe?"

"Do," atebodd Siwsi.

"Beth?"

"Botymau siocled."

"Na!"

"A rhywbeth arall hefyd."

"Beth?"

"Rhesinen siocled."

"Siwsi! Ddim i gyd heddiw, gobeithio."

"Na, dim ond ambell un dros y dyddiau diwetha."

Roedd Martin yn siŵr y byddai'r planhigyn yn marw o fewn y dyddiau nesaf.

"Siwsi, paid â thwtsio'r planhigyn 'ma byth eto neu fe ddweda i wrth Mam. 'Set ti ddim yn hapus 'sen i'n cymryd y bochdew o dy stafell di a'i fwydo fe i'r planhigyn, fyddet ti?"

"Wedest ti nad oedd e'n gallu bwyta llygod," meddai Siwsi, gan ddangos ei holl wybodaeth eto.

Tyfiant

Ond er iddo boeni amdano'n arw dros y dyddiau canlynol, wnaeth y planhigyn ddim marw. Yn wir, sylwodd Martin fod un o'r gyddfau a'r fagl ar ei ben yn fwy na'r lleill. Tynnodd lun ohono ar ei ffôn bach a'i anfon mewn neges destun at Lila gyda'r mesuriadau:

Gwddf = 12cm
Ceg = 4cm

Hwyrach bod y Genau Fenws hwn yn gwerthfawrogi ei ddeiet anghyffredin o dameidiau pysgod, cig, siocledi a gemwaith plastig, heb sôn am y clêr a'r corynnod arferol.

Roedd gan Macsen ddiddordeb mawr yn y planhigyn. Roedd e wastad yn neidio ar ben cadair neu ar y gwely er mwyn cael gwell golwg arno a'i wynto'n awchus.

"Paid â mynd yn rhy agos," meddai Martin. "Mae e'n bwyta cŵn fel ti i frecwast!"

Damwain

Roedd mam Martin yn gyrru drwy Dregolew un diwrnod ac roedd Martin a Macsen yn eistedd yng nghefn y car a Siwsi yn y sêt flaen.

"Idiot! Dere! Be sy'n bod ar hwn?"

Gweiddi ar yrwyr eraill a phobol oedd yn cerdded ar hyd y stryd roedd mam Martin. Weithiau byddai'n rhegi nes bod yr awyr yn biws ac wedyn roedd hi'n gorfod rhoi punt am bob rheg yn y blwch llwch (doedd hi ddim yn smygu). Dim ond yn y car y byddai'n rhegi. Yn wir, byddai'n gas ganddi glywed unrhyw un yn rhegi ar y teledu, mewn ffilm neu ar y radio. Ond yn y car, unwaith y byddai hi'n eistedd y tu ôl i'r llyw, roedd rhywbeth yn digwydd iddi a byddai ei phersonoliaeth yn newid. Byddai ei hwyneb yn troi'n goch a'r rhegfeydd yn llifo. Ac er ei bod hi'n melltithio pobol eraill ar y ffordd, gallai Martin weld ei bod hi'n un o'r gyrwyr gwaethaf yn y byd. Byddai'n rhaid i gerddwyr neidio o'i ffordd a byddai o fewn dim i daro ceir a lorïau'n aml iawn.

"Punt arall yn y blwch llwch, Mam," meddai Siwsi ar ôl i'w mam ollwng rheg ddrwg iawn.

"Beth y'n ni'n mynd i'w brynu â'r holl arian?" gofynnodd Martin.

"Os bydd holl bobol y dre 'ma'n dal i yrru fel hyn bydd digon o arian i brynu tŷ newydd cyn bo hir," meddai Mam. "Ond, a bod o ddifri," ychwanegodd, "mae arian yn brin y dyddiau hyn. Gallwn i feddwl am lawer o bethau defnyddiol i'w prynu gyda'r holl arian sy'n y blwch llwch."

"Mam! Watsia!"

Ond daeth rhybudd Martin yn rhy hwyr. Roedd ei fam wedi tynnu mas i osgoi car oedd wedi'i barcio heb sylwi ar fenyw ar feic wrth ei hochr hi, yn aros i groesi'r ffordd rhwng dau gar. A dyma'r fenyw a'i beic yn bendramwnwgl ar lawr.

Stopiodd ei fam a neidio mas o'r car i helpu'r fenyw. Pwy oedd hi ond hoff athrawes Martin, Ms Carson!

"Ydych chi'n iawn?" gofynnodd Mam iddi, wedi'i dychryn am ei bywyd.

"Ydw, wrth lwc," meddai Ms Carson braidd yn grac. "Dylech chi fod yn fwy gofalus!"

Roedd ei fam yn ddistaw iawn wrth helpu Ms Carson i

godi ac wrth gasglu'r nwyddau a'u rhoi yn ei bag siopa.

"Mae'n flin 'da fi," meddai hi mewn llais isel, nid ei llais rhegi yn y car. "Mae pob un o'r wyau wedi torri."

"Ond sdim esgyrn wedi'u torri, diolch byth," meddai Ms Carson. "Dyna'r peth pwysica."

"Ydych chi'n mynd i roi gwybod i'r heddlu?" gofynnodd Mam.

"Na, ddim y tro yma," meddai Ms Carson, gan fethu osgoi gwenu wrth godi'i beic. "Mae'n ormod o drafferth. Ond gobeithio na fydd tro nesa."

"Diolch," meddai Mam, a dyna pryd yr edrychodd Ms Carson i mewn i'r car a sylwi ar Martin a Siwsi.

Ymweliad Ms Carson

Er taw Ms Carson oedd yr athrawes orau yn y byd, teimlad rhyfedd i Martin oedd ei gweld hi'n eistedd ar y soffa yn ei gartref yn yfed coffi a bwyta bisgedi.

Wedi i'w fam sylweddoli ei bod hi'n athrawes yn ysgol Martin a Siwsi roedd hi wedi pwyso arni i ddod adre gyda nhw i gael paned a chael wyau yn lle'r rhai a dorrwyd. Rhoddodd Martin y beic a'r bag siopa yng nghist y car ac eisteddodd Ms Carson yn y sêt flaen. Wnaeth ei fam ddim rhegi un waith ar y ffordd adre a gyrrodd yn fwy gofalus nag erioed o'r blaen.

Cymerodd ei fam chwe wy o'r oergell a'u rhoi nhw

mewn bocs ym mag Ms Carson. Ac ar ôl ymddiheuro unwaith eto a mynnu bod Ms Carson yn cael paned arall o goffi, fe drodd y sgwrs at Martin a Siwsi. Roedd Siwsi'n eistedd wrth ymyl yr athrawes ar y soffa, a Josephine rhyngddyn nhw.

"Ydy'r gath yn dod ymlaen yn iawn gyda'r ci?" gofynnodd Ms Carson.

"Na," meddai Siwsi. "Dy'n nhw ddim yn ffrindiau. Er bod Macsen yn trio'i orau i fod yn ffrind i Josephine, dyw hi ddim yn ei hoffi fe o gwbwl. A dy'n nhw ddim yn hoffi Liam, fy mochdew i, chwaith. Dwi ond yn gadael Liam mas o'i gaets pan fydd Josephine, y gath, mas yn yr ardd a Martin wedi mynd â Macsen am dro."

"Mae enwau da i'r anifeiliaid anwes i gyd," meddai Ms Carson.

"Mae'r plant yn llawn syniadau. Mae Martin yn pori mewn llyfrau ac ar y we o hyd," meddai Mam, "ond ei brif ddiddordeb yn ddiweddar yw'r planhigyn 'ma sydd ganddo sy'n bwyta clêr."

"Planhigyn sy'n bwyta clêr?"

"Ie," meddai Martin. "Genau Fenws. Mae'r dail yn debyg i gegau, ond maglau ydyn nhw i ddal pryfed. Hoffech chi 'i weld e?"

"Martin," rhybuddiodd Mam, "dwi'n siŵr nad oes diddordeb 'da Ms Carson yn yr hen blanhigyn pigog 'na."

"Mae'n greulon," meddai Siwsi.

"Mae'n naturiol iddo fwyta clêr bach, ond ddim mwclis," meddai Martin a dweud hanes mwclis plastig Siwsi.

"A dweud y gwir," meddai Ms Carson wrth ei fam, "byddwn i wrth fy modd yn gweld y planhigyn anghyffredin 'ma. Dwi wedi darllen amdanyn nhw ond heb weld un erioed."

Felly aeth Martin a Siwsi â Ms Carson i lofft Martin i ddangos y Genau Fenws iddi. Roedd Ms Carson wedi ei syfrdanu ac wrth ei bodd.

Y planhigyn yn newid

Ar ôl i Ms Carson fynd, edrychodd Martin yn ofalus ar y planhigyn. Roedd e'n siŵr ei fod e wedi tyfu eto, felly fe aeth ati i'w fesur. Ac yn wir, roedd e'n fwy na'r diwrnod o'r blaen. Roedd un o'r gyddfau'n hirach a'r fagl ar ei ben yn lletach:

Gwddf = 15cm
Ceg = 5cm

Tynnodd lun ohono a thecstio Lila.

Craffodd Martin ar y planhigyn unwaith eto wrth aros i Lila ddod draw. Dim ond un gwddf ac un fagl oedd wedi tyfu. Roedd y lleill fel petaen nhw'n gwywo, a rhai wedi troi'n ddu. Yn eu lle roedd pigau hir wedi ymddangos, tebyg i weill. Ac ar ben un ochr i'r fagl roedd tri blewyn gwyrdd yn tyfu, tebyg i wifrau.

"Mae'r planhigyn yn newid," meddai Martin wrth Lila ar ôl iddi dynnu'i chot ac eistedd ar y gwely yn rhoi cwtsh i Macsen.

Dangosodd Martin y gwifrau a'r nodwyddau pigog iddi.

"Sdim byd tebyg i'r rheina ar Enau Fenws eraill."

"Ti'n siŵr?" meddai Lila. "Beth am gwglo?"

Felly dyma'r ddau'n mynd at y cyfrifiadur ac yn gwglo'r enw, ynghyd â'r enw Lladin *Dionaea muscipula*. Ond er iddyn nhw ddarllen y wybodaeth ar sawl gwefan ac edrych ar luniau dirifedi, doedd dim sôn am y nodwyddau na'r gwifrau a doedd dim un llun Genau Fenws fel yr un yn stafell Martin.

Amddiffynwyr annisgwyl

"Dwi'n mynd â Macsen am dro," meddai Martin wrth ei fam.

"O'r diwedd," meddai Siwsi gan neidio lan o'r ford yn y gegin. "Dwi'n mynd i adael Liam druan mas o'i gaets. Smo fe wedi cael dod mas ers dyddiau. Mae Josephine mas hefyd."

A bant â hi lan stâr, a bant â Martin a Macsen drwy'r drws.

Aeth Martin ddim tua'r parc, rhag ofn iddo gwrdd â Leyton. Yn lle hynny, aeth drwy'r strydoedd i gyfeiriad y darn o dir gwledig a braidd yn wyllt lle roedd adfeilion yr hen fythynnod, ac i lawr at yr afon.

Roedd yr afon yn gul a'r dŵr yn fas. Nant oedd hi, a bod yn fanwl gywir. Hoffai Martin eistedd ar y caregos ar lan y nant a thaflu darnau o bren er mwyn i Macsen redeg a'u cario nhw'n ôl ato. Ac fe hoffai daflu carreg a'i chael hi i sboncio dros y dŵr. Roedd hynny'n dipyn o grefft. Roedd yn rhaid dewis carreg lefn, denau, heb fod yn rhy fawr, a'i thaflu ar ei chefn gwastad â thipyn o sbin fel ei bod hi'n llamu ddwywaith, deirgwaith, bedair gwaith efallai. Roedd hi bron yn amhosib ei chael i daro'r dŵr fwy o weithiau na hynny. Cawsai garreg i neidio bum gwaith un tro, a dyna ei record, ond doedd neb yn dyst i'r gamp a neb yn ei gredu. Fodd bynnag, gwyddai Martin iddo wneud hynny ac roedd e'n dal i geisio torri'r record honno. Ond tair sbonc a gâi o'r rhan fwyaf o'r cerrig.

Wedi i Macsen flino rhedeg ar ôl priciau a setlo wrth ymyl Martin, dyma ganolbwyntio'n galed ar gael carreg i sboncio chwe gwaith. Doedd ei ymdrechion cyntaf ddim yn addawol iawn, gyda rhai ddim ond yn neidio ddwywaith a dim un yn fwy na thair gwaith. Fe aeth un wedyn am bedair sbonc hir iawn. Roedd e'n gwella bob tro. Ond yna clywodd lais a barodd iddo neidio ar ei draed.

"Martin a'i gi pwg!" meddai Leyton, a'r tro hwn doedd e ddim ar ei ben ei hun – roedd ganddo griw o'i ffyddloniaid yn gwmni.

"Be ti'n neud ar bwys ein nant ni?"

"Dim byd," meddai Martin gan godi Macsen i'w freichiau a bacio yn ôl.

"O, dim byd, ife?"

Roedd golwg gas ar wyneb Leyton ond roedd tipyn o bellter o hyd rhwng Martin ac ef a'i ffrindiau. Ystyriodd

Martin ei heglu hi ond fyddai dim gobaith ganddo ddianc. Roedd gormod ohonyn nhw ac roedd hi'n anodd rhedeg dros y cerrig.

Roedd ar Martin ofn y bydden nhw'n gwneud rhywbeth creulon i Macsen. Doedd e ddim yn poeni cymaint am ei ddiogelwch ei hun.

Yn sydyn roedden nhw wedi'i amgylchynu, chwech ohonyn nhw. Safai rhai y tu ôl iddo. Gafaelodd Leyton yng nghrys-t Martin.

"Nawr 'te, twpsyn," meddai, "dere â'r ci 'na i fi."

"Na!" gwaeddodd Martin ar dop ei lais a dechreuodd Macsen gyfarth am ei fywyd. Lapiodd Martin ei freichiau'n dynn am y ci a gweiddi, "Na! Na!"

Roedd y bechgyn mawr i gyd yn chwerthin wrth i Leyton geisio cael gafael yn Macsen, a Martin yn gweiddi nerth ei ben.

"Beth yn y byd sy'n digwydd?"

Torrodd hen fenyw drwy gylch y bechgyn. Mrs Hammer oedd hi, a hithau'n llai na phum troedfedd, ei gwallt yn wyn a'i hwyneb fel eirinen sych. Pwniodd hi Leyton a rhai o'r bechgyn eraill â'i dwylo.

"Mas o'r ffordd!" meddai. "Gadwch e i fod. Ewch i bigo ar rywun o'r un seis â chi."

Er bod Mrs Hammer yn fach ac yn hen, doedd arni ddim ofn neb. Ac roedd ganddi hithau ddau gi mawr i'w chefnogi, dau gi Briard ffyrnig yr olwg. Nid bod Mrs Hammer yn dibynnu arnyn nhw. Doedd dim ofn yn ei chroen hi, er ei bod hi dros wyth deg oed.

"Dwi'n eich nabod chi a dwi'n nabod eich mamau

chi i gyd, a bydda i'n dweud wrthyn nhw eich bod chi'n poeni'r crwt 'ma. Ewch o 'ma, yn ddigon pell."

Ciliodd y bechgyn.

"Aros di tan tro nesa," meddai Leyton wrth Martin. "Watsia di."

"Na," meddai Mrs Hammer. "Watsia di."

Er bod Martin yn falch fod Mrs Hammer wedi dod i'w achub, roedd y bechgyn yn siŵr o wneud hwyl am ei ben am fod hen fenyw fach wedi gorfod ei amddiffyn. Ond, am y tro, roedd e'n ddiolchgar iawn iddi.

"Roedd Hale a Pace yn ddigon i godi ofn arnyn nhw," meddai Mrs Hammer, "ond cŵn mawr dwl ydy'r ddau yma, fel ti'n gwybod."

"Diolch," meddai Martin, gan roi Macsen ar ei draed unwaith eto. Roedd Macsen a Hale a Pace yn ffrindiau da, er gwaetha'r gwahaniaeth maint.

"Sdim eisiau i ti ddiolch i fi," meddai Mrs Hammer. "Dwi'n ddiolchgar iawn i dy fam am ddod â blodau i fi pan o'n i yn yr ysbyty dro yn ôl. Cofia fi ati."

A bant â hi.

Diflaniad bochdew

"Ble wyt ti wedi bod?" gofynnodd Mam cyn iddo ddod drwy'r drws bron. "Mae Siwsi mewn panig llwyr. Dyw hi ddim yn gallu ffeindio'r bochdew yn unman. Ti ddim wedi'i weld e, wyt ti?"

"Dwi wedi bod mas," meddai Martin, heb ddweud dim am Leyton a'i griw.

"Cer lan stâr i helpu dy chwaer i chwilio, wnei di?"

Wrth iddo ddringo'r grisiau, a Macsen yn rhedeg o'i flaen, gallai Martin glywed Siwsi'n galw o'i stafell:

"Liam? Liam, swc, swc, ble wyt ti, Liam?"

Roedd ei phen dan y gwely.

Aeth Martin ati i symud y celfi rhag ofn bod Liam yn cwato y tu ôl i gadair neu gwpwrdd neu rhwng dau gelficyn.

"Na!" gwaeddodd Siwsi pan gododd ei phen. "Paid dod â Macsen i mewn. Bydd e'n siŵr o fwyta Liam."

"Paid â bod yn wirion," meddai Martin. "Dyw Macsen ddim wedi bwyta anifail erioed."

"Mae e'n bwyta cig, on'd yw e?"

"Wel, dyw e ddim yn bwyta unrhyw un mae'n ei nabod yn bersonol."

Ond wedi chwilio'r llofftydd a'r stafell ymolchi, y gegin a'r lolfa â chrib mân, doedd dim sôn am Liam.

"Dyw e ddim wedi mynd i guddio o'r blaen a dyw e byth yn mynd ar goll," meddai Siwsi'n ddagreuol.

"Falle ei fod e wedi sleifio mas am awyr iach," meddai Mam.

"O na!" meddai Siwsi, ac ar hynny daeth y dagrau a doedd dim modd ei chysuro.

Dyna Siwsi'n ymddwyn yn blentynnaidd eto, meddyliodd Martin.

Y noson honno, pan aeth Martin i'w wely, fe sylwodd ar y planhigyn. Roedd e wedi newid ac wedi tyfu eto.

Gwddf = 20cm

Ceg = 9cm

Erbyn hyn roedd Martin yn meddwl am y fagl fawr fel pen y planhigyn, a'r gwddf fel y corff. Heb amheuaeth, roedd rhywbeth ym mhen y planhigyn. Craffodd Martin arno. O, na! Roedd rhywbeth crwn, blewog, melyn rhwng y safn a'r ymylon pigog. Doedd fiw iddo ddweud wrth ei chwaer!

Blodeuwedd

Fore trannoeth, y peth cyntaf a wnaeth Martin oedd mynd i edrych ar y planhigyn. Roedd y lwmp yn ei geg wedi diflannu a'r safn yn llydan agored, fel petai'n crefu am rywbeth arall i'w fwyta. Ac wedi iddo amsugno'r holl faeth, roedd y planhigyn wedi tyfu'n sylweddol. Roedd ei wddf yn dewach ac roedd y nodwyddau gwyrdd wedi tyfu'n hirach ac wedi dechrau plygu a chyrlio dros ymyl y potyn. Hefyd, roedd y tri blewyn ar ben y planhigyn bellach yn debycach i deimlyddion ar ben pryfetyn mawr neu bysgodyn. Y gwahaniaeth mwyaf oedd bod gwreiddiau trwchus wedi dechrau ymchwyddo o waelod y potyn.

Aeth Martin i nôl tâp mesur ac wedyn tynnodd lun a'i decstio at Lila.

"Mae mor dal â 25cm nawr," meddai ar y ffôn wedi i Lila'i alw, "felly nid Genau Fenws cyffredin yw hwn."

"Falle taw rhyw fath o miwtant yw e," meddai Lila.

"Miwtant?" gofynnodd Martin. "Beth yw hynny?"

"Rhywbeth sydd wedi newid yn fiolegol ac wedi achosi i'w gelloedd dyfu mewn ffordd wahanol neu annaturiol."

"Sut?"

"W, dwi ddim yn siŵr. Ond byse bwyta ambell fochdew wedi helpu…"

"Sh! Dwi ddim moyn i Siwsi wybod be ddigwyddodd i Liam."

"Un peth 'sen i'n neud yn bendant," meddai Lila, "yw dodi'r planhigyn mewn potyn mawr a mwy o bridd ynddo."

Roedd Lila'n dipyn o arddwraig. Esboniodd Martin nad oedd clem ganddo ble i gael potyn na phridd, felly trefnodd Lila gwrdd ag e yn Nhregolew a mynd i'r stondin yn y farchnad lle roedden nhw'n gwerthu pethau ar gyfer yr ardd.

"Ti angen potyn tua dwywaith maint yr un sy 'da ti nawr, a digon o bridd. Wnaiff potyn plastig y tro. Mae un o'r rheini a sach fach o bridd yn ddigon rhad."

Wedi cael potyn a phridd, cerddodd Martin, Lila a Macsen tua thre.

Yn ei stafell, gyda chymorth Lila, fe dynnodd Martin y planhigyn mas o'i hen botyn bach yn ofalus a'i ddodi yn yr un newydd gyda llawer mwy o bridd. Wedyn, gosododd Martin y potyn i sefyll mewn powlen o ddŵr.

"Drycha," meddai Lila gan edrych i mewn i'r bowlen. "Mae'r dŵr yn diflannu'n glou. Mae syched arno fe."

"Neu arni hi," meddai Martin.

"Pam 'hi'?"

"Dwi wedi bod yn meddwl. Dwi'n meddwl dylsen ni roi enw iddo – neu iddi. Wedi'r cyfan, os taw Ceg Nain neu Genau Fenws yw'r planhigyn, mae'n fenyw on'd yw hi? Ti'n cofio'r stori o'r Mabinogi ddarllenodd Ms Carson, am y fenyw a wnaed o blanhigion?"

"Blodeuwedd?"

"Ie, Blodeuwedd. Dyna fydd enw'r planhigyn o hyn ymlaen."

Brechdanau

Doedd Martin ddim yn arbennig o hoff o Josephine, cath ei chwaer. Er bod Siwsi'n ei hanner addoli ac er bod Macsen yn dymuno bod yn ffrind iddi (roedd Macsen yn ceisio bod yn ffrind i bawb), doedd gan Martin fawr o feddwl ohoni. Hen gath or-dew oedd hi, cath frech a gysgai am y rhan fwyaf o'r dydd. Weithiau deuai i stafell Martin a chysgu ar ei wely. Doedd Martin ddim yn hoff o hynny oherwydd roedd hi'n anodd ei symud hi oddi yno. A gallai Martin weld golwg sbeitlyd yn ei llygaid gwyrdd weithiau.

Ond y peth gwaethaf amdani oedd ei bod hi'n dal creaduriaid ac adar bach ac yn dod â nhw i'r tŷ. Pe bai'r gath yn eu lladd ac yna'n eu bwyta, gallai Martin dderbyn hynny fel rhan o'i natur. Ond byddai Josephine yn dod â llygod bach neu ditw tomos las byw i'r tŷ a byddai'n chwarae â nhw ac yn eu poenydio. Byddai'n eu cnoi ac yn eu taflu nhw'n uchel i'r awyr, dim ond i'w dal â'i hewinedd miniog. Yn y diwedd, byddai'r pethau bach yn marw o'u hanafiadau mewn ofn llwyr. Y gwir amdani oedd bod Josephine yn cael hen ddigon o fwyd, felly doedd dim angen iddi ladd unrhyw greadur. Ond roedd ysbryd y teigr yn ei gwaed ac ni allai roi'r gorau i hela.

"Siwsi! Mae Josephine yn fy stafell i eto!"

"Pam na wnei di ddod â hi i fy stafell i 'te?" gofynnodd Siwsi yn llawn awdurdod.

Dyma ei chwaer fawr yn cogio bod yn flin, heb amser i'w brawd bach.

"Dyw hi ddim yn gadael i fi."

Roedd hynny'n wir. Bob tro y byddai Martin yn mynd i godi Josephine, byddai hi naill ai'n ceisio'i gnoi â'i nodwyddau o ddannedd neu'n rhoi clatsien iddo â'i phawen a'i chrafangau estynedig.

"Dwi'n brysur," meddai Siwsi.

Yn brysur yn tecstio, meddyliodd Martin.

"Dere i'w nôl hi, Siwsi, plis. Mae Lila'n dod draw."

Ymddangosodd Siwsi wrth ddrws ei stafell, a sbeng ar ei hwyneb.

"W! Lila! Dy gariad di!"

Cododd Siwsi ei chath o'r gwely a'i chario 'nôl i'w stafell ei hun.

Roedd yn gas gan Martin fod Siwsi, a rhai fel Leyton a'i griw, yn meddwl taw ei gariad oedd Lila. Roedden nhw wedi bod yn ffrindiau ers pan oedden nhw'n blant bach. Pam na allai pawb ddeall hynny? Roedden nhw'n rhannu'r un diddordebau – yn mwynhau llyfrau a chwarae Scrabble a gwylio'r un rhaglenni teledu a'r un ffilmiau – ond doedden nhw ddim yn gariadon.

Yr unig wahaniaeth rhyngddyn nhw oedd nad oedd Lila'n bwyta cig, a doedd Martin ddim yn llysieuwr. Credai Lila fod bwyta anifeiliaid yn greulon. Ond y rheswm am hynny oedd bod Ms Carson yn llysieuwraig ac, fel Martin, credai Lila taw Ms Carson oedd yr athrawes orau yn y byd. Roedd Martin, ar y llaw arall, yn dwlu ar facwn a selsig a chig oen a chyw iâr ac allai e ddim meddwl am roi'r gorau i fwyta cig, hyd yn oed i blesio Ms Carson. Nid bod Ms Carson wedi gofyn i neb wneud hynny. Lila oedd wedi dewis ei hefelychu hi.

A dyna pam y byddai mam Martin yn gwneud dau lond plât o frechdanau iddyn nhw – rhai ham i Martin a rhai caws a rhai wy wedi'i ferwi i Lila.

Yn nes ymlaen y prynhawn hwnnw, dyma'r ddau'n chwarae gêm o Scrabble. Lila enillodd, fel arfer, er bod Martin yn ennill o bryd i'w gilydd. Wedyn aethon nhw i'r lolfa i wylio'u hoff raglen cyn mynd 'nôl i chwarae Scrabble unwaith eto a bwyta eu brechdanau.

Wrth i Martin glirio'r gêm a'r bwrdd a rhoi'r sgwariau llythrennau yn ôl yn y bag, aeth Lila i edrych ar y planhigyn.

"Waw! Mae Blodeuwedd wedi tyfu eto," meddai gan edmygu'r gwyrddni newydd.

Gwddf = 30cm
Ceg = 14cm

Yn sydyn, symudodd un o'r cyrliau hir a gafael ym mrechdan Lila.

"Aaa!" sgrechiodd Lila. "Mae Blodeuwedd yn bwyta 'mrechdan i."

Neidiodd Martin ar ei draed.

Ond yn lle bwyta'r frechdan, fe ollyngodd Blodeuwedd y bara a'r wy o'i cheg. Safodd y ddau'n syn, a'u cegau ar agor.

"Dwi ddim yn credu ei bod hi'n hoffi brechdan wy," meddai Lila.

Aeth Martin i nôl ei blât a chynnig darn o frechdan ham i'r planhigyn. Snap! Fe dderbyniodd Blodeuwedd hwnnw'n awchus.

"Bydd y geg yn aros ar gau am dipyn," meddai Martin, "nes iddi dreulio'r bwyd."

"Anhygoel!" meddai Lila. "Mae 'da ti blanhigyn sy'n bwyta brechdanau."

"Ond dim ond brechdanau cig," meddai Martin.

Planhigyn~llarpio~dynion

Felly, roedd Blodeuwedd nid yn unig yn gallu bwyta cig ond roedd hi'n gallu symud hefyd.

Penderfynodd Martin a Lila wneud tipyn o waith ymchwil i geisio canfod pa fath o blanhigyn oedd Blodeuwedd. Doedd hi ddim yn Enau Fenws wedi'r cyfan, roedd hynny'n amlwg. Edrychodd Martin mewn gwyddoniadur a phenderfynu taw ffrondau oedd y pethau hir, gwyrdd a chyrliog a dyfai o waelod Blodeuwedd, ond gan eu bod yn gallu symud roedden nhw'n debycach i dentaclau.

Un bore, daeth Lila heibio a'i gwynt yn ei dwrn.

"Dwi wedi ffeindio gwybodaeth ar-lein," meddai.

Roedd hi wedi argraffu pob math o ffeithiau a storïau a lluniau am blanhigion mawr mewn gwledydd pell oedd yn gallu bwyta pobol.

Roedd yr Ya-te-veo ('Rwy'n dy weld di') yn byw mewn llefydd diarffordd yng Nghanolbarth a De America ac roedd ganddo ddrain hir a thenau a hyblyg. Ar hyd ymylon y drain roedd rhesi o bigau tebyg i ddagrau.

"Mae'r drain yn swnio'n debyg i ffrondau Blodeuwedd," meddai Martin.

"Ydyn," meddai Lila, "ac os oes rhywun yn mentro'n rhy agos maen nhw'n gafael ynddo a'i dynnu i mewn."

Yn ôl rhai, Madagascar oedd gwlad y planhigyn-llarpio-dynion. Roedd hen ddisgrifiad ohono'n dweud ei fod e'n debyg i binafal anferth, 240cm o daldra, ac o'i ben tyfai wyth deilen hyd at 365cm o hyd. Oddi mewn i'r dail hyn roedd toreth o bigau. Ar frig y boncyff roedd tyfiant siâp powlen a rhywbeth gludiog ynddo. O dan y bowlen tyfai tendriliau blewog, gwyrdd, hir tua 200cm o hyd, yn ymwthio i bob cyfeiriad.

"Mae'n swnio fel anghenfil," meddai Martin. "Ac mae rhannau o'r planhigyn yn debyg iawn i Blodeuwedd."

Aeth y disgrifiad ymlaen i ddweud bod pobol yn cael eu haberthu i'r planhigyn arswydus. Ond doedd neb wedi profi bod y planhigyn-llarpio-dynion yn bodoli go iawn.

"Chwedlau yw'r storïau 'na," meddai Lila.

"Ond mae Blodeuwedd yn blanhigyn go iawn," meddai Martin.

Pan edrychodd y ddau i'w chyfeiriad, agorodd Blodeuwedd ei cheg, symud ei ffrondau a chwifio'r tri blewyn ar ei phen.

Gwddf = 36cm
Ceg = 20cm

 Y stori

Y noson honno, yn ei wely, darllenodd Martin un o'r storïau a argraffwyd gan Lila. Roedd y stori wedi ymddangos yn wreiddiol mewn hen gylchgrawn i fechgyn ar ddechrau'r ugeinfed ganrif.

Y Braw Porffor

Yn 1899 aeth y Cyrnol Charles Braithwaite, yng nghwmni'r archaeolegydd Dr Percy Wells, ar daith drwy goedwigoedd Canolbarth America er mwyn chwilio am ddinas aur Eldorado. Bryd hynny, roedd y jyngl yn drwch o goed a phlanhigion heb eu cyffwrdd bron gan bobol o Ewrop.

"Rwy'n siŵr bod adfeilion hen ddinasoedd hŷn o lawer na'r rhai sydd yn yr Aifft i'w cael ym mherfeddion y Mato Grosso ym Mrasil," meddai'r archaeolegydd.

Felly, cyflogodd y Cyrnol ddeg ar hugain o'r brodorion cryfaf i gario offer a chyflenwad o nwyddau a bwyd, ac i'w tywys drwy'r diriogaeth ddieithr.

"Cofiwch fod y jyngl yn llawn peryglon," meddai'r Cyrnol wrth Dr Wells. "Ydych chi'n barod am seirff a chorynnod enfawr, pryfed sy'n cnoi a chynrhon sy'n mynd dan eich croen – yn llythrennol? Heb sôn am afon sy'n llawn pysgod danheddog a chrocodeilod?"

"Wfft!" meddai Dr Wells. "Ar ôl inni ddarganfod y ddinas aur a'i holl drysorau fe fyddwn ni'n gyfoethog tu hwnt ac yn enwog dros y byd i gyd!"

Felly, ymlaen â nhw. Cymerai ddyddiau i gerdded ychydig o filltiroedd. Doedd dim ffordd gyflym o dorri llwybr a cherdded drwy'r ddrysfa werdd, dywyll. Roedd y gwres yn annioddefol a gwir oedd geiriau Braithwaite am y pryfed, y nadroedd, y corynnod a'r cynrhon. Ac yn waeth na hynny, roedd y jyngl yn gartref i lygod, cathod mawr gwyllt ac adar ysglyfaethus. Roedd Braithwaite yn galon-galed a saethai bob un o'r bwystfilod yn farw yn y fan a'r lle.

"Rydyn ni'n agosáu at y llecyn lle mae'r adfeilion yn debygol o fod," meddai Dr Wells ar ôl bron i bythefnos o'r daith. "Dyma lle gwelodd Quesada olion hen deml yn 1569," meddai gan bwyntio at y map wrth godi gwersyll am y nos.

"Ond dyw'r brodorion ddim yn fodlon mynd gam ymhellach," meddai Braithwaite. "Maen nhw'n dweud bod rhywbeth arswydus iawn yn y rhan acw o'r jyngl. Mae'n debyg nad oes neb wedi bod trwy'r rhan hon a byw i ddweud yr hanes."

"Nonsens! Beth allai fod mor arswydus?" gofynnodd Wells.

"Wel, nid bwystfil, ac nid yw'n ddynol, ond rhyw fath o blanhigyn anferth sy'n cipio dynion a'u bwyta nhw'n fyw. Y Braw Porffor."

"Pa!" chwarddodd yr archaeolegydd. "Ofergoelion!"

Ond fore trannoeth, gadawodd y rhan fwyaf o'r brodorion y gwersyll a mynd 'nôl y ffordd ddaethon nhw.

"Ffyliaid! Cachgwn!" gwaeddodd Wells ar eu hôl.

"Dim ond wyth ohonyn nhw sy'n fodlon mynd ymlaen," meddai'r Cyrnol.

"Mae hynny'n ddigon. Gwynt teg ar ôl y lleill," meddai Wells. "Ymlaen â ni."

Ond aeth tyfiant y jyngl yn ddyfnach a'r llwybr yn galetach i dorri trwyddo.

"Na, na, syr!" meddai un o'r tywyswyr. "Mae'n amhosib. Y Braw Porffor!"

"Peidiwch â gwrando arno," meddai Wells. "Rhaid inni gario ymlaen. Rydyn ni o fewn cyrraedd i neuaddau aur Eldorado!"

Yn sydyn, cliriodd y goedwig ac yno, yn sefyll mewn llecyn agored, roedd cawr o blanhigyn porffor, salw.

Ar wahân i'r lliw, sylwodd Martin fod y llun o'r planhigyn a ddarluniwyd gyda'r stori yn hynod o debyg i Blodeuwedd. Darllenodd ymlaen yn awchus.

Ar wasgar ar hyd y llawr o gwmpas y tyfiant hyll, rhyfedd roedd sgerbydau anifeiliaid a dynion. Dechreuodd dau o'r tywyswyr sgrechian a pharablu yn eu hiaith eu hunain. Mewn fflach, symudodd dwy gangen o'r planhigyn a gafael o gwmpas cyrff y ddau fel dwy sarff enfawr ac aeth y ddau'n llipa, wedi'u parlysu yn syth. Rhedodd y brodorion eraill yn ôl drwy'r jyngl gan sgrechian am eu bywydau.

"Dewch yn ôl!" gwaeddodd Dr Wells ar eu hôl. "Llwfrgwn! Cachgwn!"

Yna'n sydyn, lapiodd un arall o ganghennau'r planhigyn am gorff yr archaeolegydd, gan binio'i freichiau i'w ochrau. Roedd y gwenwyn yn y gangen wedi'i daro'n ddiymadferth. Roedd yn llipa fel clwtyn o fewn eiliad.

Heb smic o sŵn, tynnodd Braithwaite ei gyllell fwyaf o'i wregys – cyllell roedd y Cyrnol wedi'i defnyddio i dorri llwybr drwy'r jyngl – ac aeth mor agos ag y gallai at y planhigyn. Haciodd at fôn y canghennau ac wrth iddo'u torri cafodd Wells a'r ddau was eu rhyddhau a'u dadbarlysu. Ond lapiodd canghennau eraill yr un mor sydyn am gorff Braithwaite.

"Rhedwch!" gwaeddodd Braithwaite ar y tri arall. "Rhedwch am eich bywydau," meddai gyda'i anadl olaf.

Wrth iddo ffoi, trodd Dr Wells i gael cipolwg ar ei gyfaill dewr yn cael ei orchuddio gan ddail porffor y planhigyn maleisus.

Aderyn

Âi Martin â Macsen am dro ym mhob tywydd. Roedd yn rhaid i Macsen gael mynd mas am o leiaf un tro go lew bob dydd.

Un bore, roedd y glaw'n arbennig o drwm a gwisgodd Martin ei welis gwyrdd a'i fac. Gwisgodd got fach goch am Macsen gan nad oedd hwnnw'n hoff o fod yn wlyb chwaith. A mas â nhw.

"Awn ni ddim yn bell heddi yn y tywydd 'ma," meddai

Martin wrth y ci, "dim ond rownd y bloc ac i'r lôn gefn."

Wrth iddo gerdded gyda'r ci câi Martin gyfle i hel meddyliau. Ac wrth gwrs, yr hyn oedd ar ei feddwl y diwrnod hwn oedd Blodeuwedd. Roedd hi'n dal i dyfu, a Mam wedi dweud ei bod hi'n mynd yn rhy fawr i'r sil ffenest yn ei stafell wely.

Gwddf = 60cm
Ceg = 25cm

Yn wir, roedd hi'n bryd iddo roi Blodeuwedd mewn potyn mwy eto, gyda mwy o bridd. Bu Martin yn cadw rhai o'i frechdanau a'i fyrgyrs i'w rhannu gyda Blodeuwedd ac roedd hithau'n eu sglaffio nhw'n awchus. Doedd dim amheuaeth gan Martin fod y bwyd solet yma yn gwneud i Blodeuwedd dyfu. O fewn oriau o gael byrgyr fe dyfai ei dail a'i ffrondau. Yn ystod y nos, roedd Martin yn siŵr ei bod hi'n gwneud rhyw sŵn. Sŵn tebyg i ganu isel neu hymian.

Ai Blodeuwedd oedd y planhigyn mwyaf rhyfedd yn y byd? meddyliodd Martin. Teimlai'n ffodus iawn i'w chael.

Wrth feddwl am y cawr o blanhigyn yn y jyngl yn yr hen stori, aeth Martin am dro i'r rhes o hen fythynnod ar lan yr afon. Roedd y llecyn yn prysur dyfu yn hoff le Martin a Macsen. Eu coedwig drofannol nhw oedd y lle gwyllt, a'r adfeilion oedd olion Eldorado. Martin oedd Braithwaite, yr arwr dewr, a Macsen oedd Dr Wells a, gyda'i gilydd, roedden nhw wedi darganfod y neuaddau aur. Wrth gwrs, chawson nhw ddim trafferth pasio'r Braw Porffor oherwydd Blodeuwedd oedd y cawr o blanhigyn.

Hoffai Martin sut roedd natur wedi meddiannu'r hen fythynnod. Tyfai coed a chwyn drwy'r lloriau ac ymwthiai canghennau'r coed drwy dyllau'r ffenestri diwydr. Roedd natur wyllt fel petai'n drech na dyn.

Yna, ehedodd rhywbeth mawr gydag adenydd llydan uwch ei ben yn y coed cyfagos. Er nad oedd Martin yn fawr o adarwr, pan laniodd yr aderyn anghyffredin ar gangen roedd yn ei adnabod yn syth fel tylluan.

Blodeuwedd, meddyliodd Martin.

Josephine

Ar ôl dod adre, aeth Martin yn syth i gael cawod a newid ei ddillad heb ddweud gair wrth ei fam. Yna aeth i'w stafell wely.

Roedd Macsen yn cyfarth ar Josephine, a orweddai ar wely Martin. Aeth Martin i'w chodi hi ond dyma hithau'n troi ac yn ei grafu a'i gnoi'n gas. Yna, gyda sgrech o fiaaaw, saethodd drwy'r drws. Roedd Josephine yn dân ar groen Martin a Macsen. Siawns y bydd hi'n marw o henaint cyn bo hir, gobeithiai Martin. Roedd hi wastad yno, fel rhyw bresenoldeb annymunol.

Gorweddodd Martin ar ei wely gyda Macsen wrth ei ochr. Presenoldeb annymunol arall yn ei fywyd oedd Leyton. Beth oedd e'n mynd i'w wneud? Roedd yn gymaint o ddraenen yn ei ystlys. Hyd y gwelai, ni allai wneud dim. Roedd e yno ymhob man. Ble bynnag yr âi. Fel petai ganddo *radar* neu *sat nav* yn dweud wrtho pryd roedd Martin yn gadael ei gartref ac yn mynd mas am dro. Roedd Leyton yn beth mawr, herciog fel tas wair ar draed, a'i unig bwrpas oedd ei boenydio. Roedd e'n rhy fawr i'w herio. Pe bai Martin yn mynd at y Prifathro neu at Ms Carson i sôn am y bwlio, byddai Leyton a'i griw yn sicr o'i gael e rywbryd arall, y tu fas i'r ysgol, neu yn y dref. Ni allai weld unrhyw ddihangfa rhag y broblem. Fe fyddai Leyton yno i'w flino am weddill ei oes.

Am y tro cyntaf y prynhawn hwnnw, edrychodd Martin ar Blodeuwedd. Oedd, roedd hi'n tyfu'n rhy fawr i'r sil ffenest. Ond ble allai e osod ei photyn? Roedd yn rhaid iddi gael digon o olau. Roedd hi'n tyfu'n anghyffredin o gyflym.

Gwddf = 90cm
Ceg = 30cm

Cododd Martin o'i wely a mynd i symud y potyn a'i gario lawr stâr i'r gegin, lle roedd sach o bridd. Mewn chwinciad, lapiodd rhai o'r ffrondau gwyrdd eu hunain am freichiau Martin. Ond doedden nhw ddim yn cydio'n dynn a, rywsut, gwyddai Martin taw arwydd o gyfeillgarwch oedd hyn a doedd dim ofn arno.

Aeth Martin â Blodeuwedd i'r gegin. Roedd e'n mynd i ddechrau ar y dasg o'i gosod mewn potyn arall pan sylwodd ar y nodyn ar ford y gegin.

Siwsi a finnau wedi mynd i'r dre i siopa.

Mam x

Doedd dim rhyfedd fod y tŷ mor dawel, meddyliodd Martin, gan hanner llenwi'r potyn â phridd.

Gyda chryn drafferth, ac ar ôl ei wasgu a'i dynnu'n ofalus, fe lwyddodd i gael yr hen botyn yn rhydd o wreiddiau trwchus Blodeuwedd. Wedyn fe osododd y planhigyn ym mhridd y potyn newydd, ac roedd Martin yn siŵr iddo weld y gwreiddiau'n ymestyn ac i Blodeuwedd wneud sŵn tebyg i ochenaid o ryddhad. Roedd hi'n falch o gael mwy o le, roedd hynny'n amlwg. Estynnodd ei dail a'i ffrondau. Yna arllwysodd Martin dipyn o ddŵr i mewn i'r potyn. Roedd Blodeuwedd yn amlwg yn croesawu'r dŵr ond agorodd ei cheg led y pen (er nad oedd pen ganddi – ei cheg oedd ei phen i bob pwrpas) cystal â dweud bod eisiau bwyd arni. Penderfynodd Martin taw'r unig le ar gyfer Blodeuwedd erbyn hyn, gan ei bod hi'n rhy fawr i'w stafell wely, oedd y lolfa. Roedd yno ffenestri mawr yn edrych mas dros yr ardd. Efallai na fyddai'i fam yn fodlon ond dyna'r unig ddewis. Felly, gosododd y planhigyn yn agos at y ffenest lle byddai'n cael digon o olau ac efallai'n gallu synhwyro'i pherthnasau gwyrdd yn yr ardd y tu fas.

"Af i i'r gegin i weld os oes rhywbeth i ti 'i fwyta," meddai wrth Blodeuwedd.

Aeth i edrych yn yr oergell, a Macsen wrth ei draed yn gobeithio y câi yntau damaid hefyd. Roedd pecyn o selsig wedi'i agor ac er nad oedden nhw wedi cael eu coginio roedd Martin yn siŵr na fyddai ots gan Blodeuwedd. Cymerodd dair ohonyn nhw, gan weddïo na fyddai'i fam yn gweld eu colli, a mynd yn ôl i'r lolfa. Ar ei ffordd, clywodd sgrech cath.

A dyna lle roedd Josephine gyfan yng ngheg Blodeuwedd, gyda dim ond tamaid o gynffon yn sticio mas.

"O, mam bach! Na!" gwaeddodd Martin.

Fe wnaeth ei orau glas i gael y gath yn rhydd, ond roedd hynny'n amhosib. Unwaith roedd Blodeuwedd wedi cau'i safn, doedd dim modd ei hagor wedyn. Ac roedd y gath yn ddistaw ac yn gwbwl lonydd. Mae'n debyg bod Josephine wedi cael ei dal wrth iddi basio ffrondau Blodeuwedd, a'r rheini wedi codi'r gath i'w cheg mewn fflach.

Beth yn y byd roedd Martin yn mynd i'w ddweud wrth ei chwaer?

Yn y lolfa

Yn ddiweddarach yn y prynhawn, daeth Mam a Siwsi adre. Y peth cyntaf a wnaeth Siwsi, yn ôl ei harfer, oedd mynd i chwilio am y gath.

"Josephine! Pws, pws, pws. Ble rwyt ti, Josie?"

Aeth hi lan stâr i chwilio amdani. Safai Martin o flaen Blodeuwedd yn y gobaith na fyddai'i chwaer yn sylwi ar y siâp ym mhen y planhigyn.

"Martin!" gwaeddodd Mam arno pan ddaeth hi i mewn

i'r lolfa. "Beth yn y byd mae'r hen blanhigyn mawr afiach 'na'n neud fan hyn?"

"Sdim lle arall i gael," meddai Martin.

"Wel, mae'n rhy fawr i'n tŷ ni nawr. Rhaid iddo fynd."

"Na!" Roedd y syniad o gael gwared ar Blodeuwedd bron cynddrwg i Martin â chael gwared ar Macsen. Annioddefol. "Mae Blodeuwedd yn blanhigyn rhyfeddol, Mam. Mae'n unigryw."

"Wel, mae'n edrych fel rhywbeth ddylsai fod mewn jyngl," meddai Mam gan daflu cipolwg amheus i gyfeiriad Blodeuwedd. "Beth yw'r lwmp mawr 'na yn y dail ar y top?"

"Dim byd," meddai Martin.

"Dwi ddim yn gallu ffeindio Josephine yn unman," meddai Siwsi. "Dwi wedi chwilio ym mhobman. Ble yn y byd mae hi?"

"Paid â phoeni," meddai Mam yn ddiamynedd. "Fe ddaw hi 'nôl pan fydd eisiau bwyd arni."

Blwydlen Blodeuwedd

Teimlai Martin yn euog iawn nad oedd wedi dweud wrth ei chwaer am Josephine. Er bod yn gas ganddo'r hen gath frech, fyddai e ddim wedi gwneud dim drwg iddi a doedd e ddim wedi gofyn i Blodeuwedd ei bwyta hi. Pe bai Blodeuwedd yn llyncu Macsen, fyddai Martin ddim yn gallu maddau iddi! Ond gwyddai Martin na fyddai'r planhigyn yn gwneud unrhyw niwed i Macsen nac iddo yntau.

Erbyn hyn roedd Blodeuwedd wedi bwyta:

Gemwaith plastig

Siocledi

Brechdanau ham

Liam – bochdew byw

Byrgyrs

A Josephine, y gath frech dew!

Anfonodd Martin neges destun at Lila i ddweud beth oedd wedi digwydd. Daeth hi draw i dŷ Martin yn syth i weld drosti hi ei hun.

"Mae'n anhygoel!" meddai. "Ti'n siŵr?"

"Hollol siŵr."

"Be sy'n digwydd i'r esgyrn, sgwn i?"

"Mae Blodeuwedd yn cymryd y cyfan i mewn ac mae'n ei droi'n ddail ac yn wreiddiau. Dere i gael gweld."

Aeth y ddau i'r lolfa a dyna lle roedd Blodeuwedd, yn fwy nag erioed.

Gwddf = 120cm
Ceg = 38cm

"Mae hi'n awchu am gael rhywbeth arall i'w fwyta yn barod," meddai Martin. "Paid â mynd yn rhy agos ati."

Chwarddodd y ddau. Ond roedd mymryn o nerfusrwydd yn y chwerthin hefyd.

"Beth am i ni gael gêm o ddrafftiau? Gallwn ni chwarae ar y ford fan hyn," meddai Martin.

Roedd y ford lle byddai'r teulu yn bwyta yn ymyl y ffenest lle safai potyn Blodeuwedd.

"Mae'n licio'i lle newydd," meddai Martin wrth i'r gêm ddechrau, "ond dyw Mam ddim yn fodlon iddi aros yma."

"Dwi'n siŵr y daw hi i arfer," meddai Lila wrth i'w darn gwyn hi sboncio dros ddarnau duon Martin a throi'n frenin o flaen ei lygaid. "Mae Blodeuwedd yn blanhigyn hardd."

Ar hynny, daeth Siwsi i'r stafell.

"O, helô, Lila. Ti 'di gweld Josephine? Mae hi ar goll."

"Na," meddai Lila, ac wrth iddi hi a Martin edrych yn euog daeth un o ffrondau Blodeuwedd lan at y ford, cipio un o'r drafftiau a'i daflu i'w cheg.

Pan welodd Siwsi hynny, rhoddodd sgrech a rhedeg i chwilio am ei mam.

"Wel, dyna ni nawr," meddai Martin. "Mae'r gath mas o'r cwd!"

Gwerth Blodeuwedd

Yn hwyr neu'n hwyrach, roedd Siwsi'n siŵr o ddod i wybod hanes diwedd trychinebus Josephine ac roedd Mam yr un mor siŵr o ddysgu bod Blodeuwedd yn bwyta mwy na phryfed. Ac felly y bu. Roedd Siwsi'n anodd i'w chysuro ac ar ben hynny roedd hi'n grac iawn. Ac roedd Mam yn cydymdeimlo â Siwsi ar y dechrau.

"Martin, dwi'n mynd i dorri'r planhigyn 'na a thaflu'r darnau ar y domen sbwriel," meddai Mam, gan gysuro Siwsi, oedd yn galaru fel petai wedi colli plentyn.

"Ie, gwna hynny, Mam," meddai Siwsi'n ddagreuol.

"Na!" meddai Martin. "Mae Blodeuwedd yn blanhigyn anghyffredin iawn, yn unigryw efallai."

"Mae hynny'n hollol wir, Mrs Bedward," meddai Lila, ac roedd Martin yn falch o gael cefnogaeth ei ffrind. "Mae'n bosib bod Blodeuwedd o ddiddordeb gwyddonol."

"Sdim ots, nag oes, Mam?" meddai Siwsi, yn dal i igian crio. "Rhaid i'r peth ffiaidd fynd!"

"Paid ti â phoeni, 'nghariad i," meddai Mam, gan lapio'i breichiau am Siwsi. "Chaiff y planhigyn ddim aros yn y tŷ 'ma."

"Ga i ddweud un peth arall, Mrs Bedward?" meddai Lila. "Mae'n bosib bod Blodeuwedd yn blanhigyn gwerthfawr iawn."

Da iawn, Lila, meddyliodd Martin. Dyna'r union beth i ddal sylw Mam.

Aeth Lila yn ei blaen: "Mae'n bosib y byddwch yn colli swm sylweddol o arian os cewch chi wared o'r planhigyn."

"Faint 'se rhywun yn ei roi am beth hyll fel 'na?"

"Ugain mil o bunnoedd, efallai," meddai Lila.

Safodd Mam yn stond, gan ollwng Siwsi o'i breichiau.

"Ugain mil?!"

"Mwy, o bosib. 'Se dau neu dri labordy yn clywed

amdani, 'sen nhw'n cystadlu i'w chael hi, y naill yn cynnig mwy na'r llall."

"Fel mewn ocsiwn?"

"Yn gwmws, Mrs Bedward."

"Sut 'se rhywun yn mynd ati i roi gwybod i'r gwyddonwyr fod Blodeuwedd 'da ni?"

A dyna'r tro cyntaf i Mam ddefnyddio'r enw Blodeuwedd.

"Ar y we," meddai Lila.

"'Set ti'n fodlon gwneud hynny, Lila?"

"Gadewch bopeth i mi. Ond, yn y cyfamser, rhaid rhoi pob gofal i Blodeuwedd."

"Paid ti â phoeni, Lila. Edrychwn ni ar ei hôl hi'n ofalus."

"Ond Mam! Beth am Josephine?"

"O, paid â chonan, ferch! Gei di gath arall."

Rhan o'r teulu

Fe lwyddodd Lila i berswadio mam Martin y gallai'r gwyddonwyr gymryd amser i ateb. Roedd Martin yn ddiolchgar iawn iddi. Roedd ei ffrind wedi arbed bywyd Blodeuwedd am y tro, a newidiodd agwedd ei fam tuag at y planhigyn yn llwyr.

Roedd hi'n awyddus i ddysgu mwy am Blodeuwedd. Dangosodd Martin sut roedd y ffrondau hir yn cydio mewn pethau a sut gallai Blodeuwedd eu defnyddio i godi bwyd i'w cheg. Drwy ei bwydo â selsig, dangosodd Martin sut roedd ceg Blodeuwedd yn gweithio.

"Ac mae'r tri blewyn 'ma ar ei phen yn debyg i deimlyddion," meddai Martin. "Dwi'n credu'i bod hi'n gallu synhwyro gyda'r rheina. Maen nhw'n debyg i lygaid neu glustiau."

"A beth am y gwreiddiau gwyn sy'n dod mas o waelod y potyn?"

"Mae'r rheina'n tyfu o hyd ac weithiau mae Blodeuwedd yn gallu eu symud nhw."

Un o'r pethau cyntaf a wnaeth ei fam oedd gosod lle arbennig i Blodeuwedd wrth y ford gyda'r teulu. Roedd ganddi ei phlât ei hun, hyd yn oed, wrth ymyl Martin.

"Mam!" cwynodd Siwsi yn syth. "Dy'n ni ddim yn mynd i gael bwyd gyda'r planhigyn salw 'na wrth y bwrdd, ydyn ni?"

"Ydyn," meddai Mam. "Mae Blodeuwedd yn rhan o'r teulu bellach."

"Roedd Josephine yn rhan o'r teulu tan i'r planhigyn 'na ei bwyta hi!"

"Fel dwedes i," meddai Mam, "fe gei di gath fach arall."

"A be 'se'r anghenfil yn llarpio honno hefyd?"

"Dyw Blodeuwedd ddim yn anghenfil," meddai Martin.

"Wel, dwi ddim eisiau cath arall," meddai Siwsi, yn ddig o hyd. "A smo fi'n mynd i alw unrhyw enw ar beth ych-a-fi heb wyneb."

Gosododd Mam foron a brocoli ar blatiau pob un ohonyn nhw, gan gynnwys plât Blodeuwedd. Eisteddodd y teulu o gwmpas y ford a dechrau bwyta.

Yn ddeheuig iawn, gan ddefnyddio'i ffrondau gwyrdd, cododd Blodeuwedd bentwr o frocoli a moron a'i ddodi yn ei cheg. Ond yna poerodd y llysiau i gyd ar draws y stafell gyda sŵn tebyg i "Pach!"

"O, Mam!" cwynodd Siwsi. "Ych-a-fi!"

"Dyw hi ddim yn licio llysiau," meddai Martin. "Dim ond cig a physgod."

Fe wnaeth mam Martin ei gorau i geisio cofio hynny, ond un tro cynigiodd lond powlen o wy wedi'i sgramblo iddi. Poerodd Blodeuwedd yr wyau ar hyd y lle a gwneud sŵn fel "Ach-pach!"

Cartref Lila

Roedd Lila'n byw mewn fflat gyda'i thad. Byddai Martin wrth ei fodd yn ymweld â nhw gan fod y waliau'n llawn lluniau, a chylchgronau ar hyd y lle. Roedd Lila a'i thad yn ddarllenwyr brwd a chanddyn nhw eu stafelloedd eu hunain a'r rheini'n debyg i lyfrgelloedd bach. Dyna lle roedd tad Lila y diwrnod hwnnw, yn ei gell gydag arwydd ar y drws yn dweud 'Gadewch lonydd i mi'.

"Mae'n gwneud gwaith ymchwil," meddai Lila.

Roedd ei thad yn ysgolhaig.

"Ymchwilio i beth?" gofynnodd Martin.

"Gwneud arolwg rhyngwladol o'r holl seiniau sy'n cael

eu rhoi i anifeiliaid ac adar mewn gwahanol ieithoedd ar draws y byd. Ry'n ni'n gweud bod cath yn 'canu grwndi' a'r Saeson yn gweud '*purr*' a'r Ffrancod yn gweud '*ronron*', ac yn y blaen. Hen waith diflas."

Beth bynnag roedd ei thad yn ei wneud, roedd Lila'n honni ei fod yn ddiflas, ond roedd y ddau'n deall ei gilydd i'r dim.

"Mae Mam yn gofyn bob dydd wyt ti wedi cael ymateb gan y gwyddonwyr," meddai Martin. "Dwi'n dweud wrthi eu bod nhw'n araf yn ateb ond dwi ddim yn siŵr pa mor hir mae hi'n mynd i gredu hynny."

"Dwi'n meddwl y byddai'n syniad da inni gysylltu â gwyddonwyr go iawn ynglŷn â Blodeuwedd," meddai Lila.

"Be? 'Sen nhw'n siŵr o fod eisiau gwneud pob math o arbrofion a'i chymryd hi oddi wrtho i."

"Paid â chael sterics!" meddai Lila. "Mae Dad yn nabod botanegydd sy'n gweithio yn y brifysgol. 'Se fe ddim yn cymryd Blodeuwedd oddi wrthot ti."

"Sut galli di fod mor siŵr?"

"Wel, mae'n ddyn ffeind."

"O, dwi ddim yn siŵr," meddai Martin yn bryderus.

"Rhaid i ti 'nhrystio i. Ta beth, bydde fe'n beth da cael ei farn am Blodeuwedd. Falle bydde fe'n gallu dweud pa fath o blanhigyn yw hi, ac esbonio o ble mae'n dod."

"Ac yna mynd â hi i labordy."

"Wel, yn hwyr neu'n hwyrach bydd dy fam yn mynnu ateb. A byddai'n well cael gwyddonydd sydd ar ein hochr ni yn hytrach na dieithryn."

"Iawn," meddai Martin yn anfodlon, "fe gei di sôn wrtho am Blodeuwedd. Ond ddim eto. A dwi eisiau cwrdd ag e cyn iddo weld Blodeuwedd, iawn?"

"Iawn," meddai Lila.

Siwsi a Leyton

Ar ei ffordd tua thre roedd Martin, yn cerdded trwy Dregolew, a phwy welodd e yn mynd am dro law yn llaw ond Leyton a Siwsi. Rhwbiodd Martin ei lygaid ond dyna lle roedden nhw mor glir â'r dydd. Leyton. Siwsi. Siwsi. Leyton. Gyda'i gilydd – Leyton a Siwsi. Yn cyffwrdd â'i gilydd. Eu dwylo ynghyd.

Safodd Martin yn y fan a'r lle gan adael iddyn nhw gerdded i ffwrdd. Bu ond y dim i Macsen gyfarth wrth iddo adnabod Siwsi ond llwyddodd Martin i'w atal. Y peth olaf a ddymunai Martin oedd tynnu eu sylw.

Cerddodd y ddau'n hamddenol i gyfeiriad tŷ Leyton. Ar ôl iddyn nhw fynd o'r golwg aeth Martin adre. Aeth yn syth i'w stafell.

OMG! Leyton a Siwsi! Cyfoglyd.

Yn nes ymlaen y noson honno, galwodd Mam arno i ddweud bod bwyd yn barod. Roedd Blodeuwedd yn sefyll wrth y ford yn barod. Eisteddodd Martin wrth ei hymyl. Roedd Mam yn dodi'r bwyd ar y platiau – *spaghetti bolognese*. Roedd Blodeuwedd wrth ei bodd â'r saws ond ddim y pasta, felly dim ond y cig roddodd Mam iddi. Yna daeth Siwsi drwy'r drws a'i gwynt yn ei dwrn.

"Sori 'mod i'n hwyr," meddai Siwsi wrth eistedd.

"Ble ti 'di bod?" gofynnodd Mam.

"Mas."

"Mas ble?"

"Gyda Nia."

Roedd ei hateb yn ddigon niwlog gan fod gan Siwsi o leiaf dair ffrind o'r enw Nia. Aeth Mam ddim pellach gyda'i chwestiynu. Ond sylwodd Martin ar y celwydd noeth, wrth gwrs.

Plygodd Blodeuwedd ei phen at ei phlât a sugno'r cyfan ar ei thalcen – er nad oedd ganddi dalcen, fel y cyfryw. Caeodd ddail ei phen a bu'n amsugno'r bwyd yn dawel wedyn. Bwytaodd Mam, Martin a Siwsi eu bwyd mewn distawrwydd am rai munudau.

"Ma-am?" gofynnodd Siwsi wedyn.

"Ie?"

"Mae 'mhen-blwydd i cyn bo hir."

"Ydy," meddai Mam a hithau'n gwybod bod rhywbeth arall ar fin dod.

"Ga i barti?"

"O, Siwsi, ti'n gwybod 'mod i ddim yn licio gwneud partïon."

"Ond dwi ddim wedi cael parti ers blynydde."

"O, iawn 'te, ond parti bach di-ffws," meddai Mam, braidd yn gyndyn i ildio.

"A theisen?"

"Iawn," meddai Mam eto.

"Ga i wahodd pawb?"

"Pawb? Faint o bobol yw pawb?"

"Ffrindiau. Rhyw ddeg, falle?"

Gwyddbwyll

Roedd gwyliau'r ysgol yn dirwyn i ben a theimlai Martin yn nerfus iawn.

"Dwi ddim eisiau mynd 'nôl i'r ysgol," meddai Martin wrth Lila pan oedd y ddau'n chwarae gwyddbwyll ar y ford yn y lolfa.

"Pam?"

"Leyton."

"Dyw hwnnw ddim yn codi ofn o hyd, ydy e?"

"Ydy, yn anffodus. Ac mae e'n gariad i Siwsi nawr!"

Roedd brenin Martin mewn perygl o gael ei gornelu. Edrychai marchog Lila yn fygythiol. Lila oedd wedi dysgu iddo sut i ddefnyddio'i gestyll yn effeithiol.

"Ti'n gadael iddo gerdded drosot ti. Rhaid i ti ei herio fe."

Symudodd Lila ei hesgob ac yn sydyn edrychai sefyllfa Martin yn anobeithiol. Byddai'n rhaid iddo fod yn ofalus ac ystyried yr holl bosibiliadau cyn gwneud symudiad eto.

"Hawdd i ti ddweud hynny. Does arnat ti ddim ofn neb a dyw bechgyn ddim yn gallu gwneud dim i ferched ta beth."

"Dere glou, Martin," meddai Lila'n ddiamynedd. "Ti'n cymryd gormod o amser."

"Paid. Ti'n trio 'nghael i i wneud camgymeriad."

Yna, yn sydyn, gwelodd Martin ei gyfle. Roedd un o'i werinwyr yn gallu cymryd esgob Lila. Ond yna, yn syth, dyma Lila yn cipio'i frenhines. Roedd pob un o'i darnau hi'n cau am ei frenin nawr. Roedd Lila'n chwim bob tro ond roedd Martin yn gorfod meddwl yn ddwys.

"Dwi wedi cael ateb gan ffrind Dad, gyda llaw, y botanegydd. Mae'n awyddus i weld Blodeuwedd."

"O! Wyt ti wedi disgrifio Blodeuwedd iddo?"

"Do, ond dwedodd e nad oedd y fath blanhigyn yn bodoli."

"Doedd e ddim yn dy gredu di 'te?"

"Na. Ac wedyn ces i ateb yn dweud ei fod eisiau cael golwg arno."

"Ond dwi eisiau cwrdd ag e cyn dangos Blodeuwedd iddo fe, cofia."

"Dwi'n gwybod hynny," meddai Lila'n swta. "Nawr, dere."

Symudodd Martin ei gastell gan gredu'i fod e'n amddiffyn ei frenin ar hyd y llinell. Chwap – symudodd Lila'i brenhines a gweiddi,

"Ha! Mae'r gêm drosodd."

Roedd ei frenin wedi'i gornelu'n llwyr. Syllodd Martin yn siomedig ar y bwrdd. Yna, plygodd Blodeuwedd dros ei ysgwydd a llyncu'r darnau gwyddbwyll i gyd.

Y Ddaear

Roedd Ms Carson yn dysgu Daearyddiaeth yn ogystal â Chymraeg i ddosbarth Martin. Arhosodd un wers arbennig ym meddwl Martin. Crynhoi cyfres o wersi y bu hi'n eu cyflwyno dros bythefnos cynta'r tymor newydd wnaeth hi. Adnoddau'r Ddaear oedd y testun. Dangosodd pa mor bwysig oedd hi ein bod ni'n edrych ar ôl y Ddaear, gan fod y coedwigoedd glaw yn lleihau a'r iâ ym Mhegwn y Gogledd yn toddi ac yn prinhau. Roedd adnoddau'r Ddaear dan bwysau a'r hinsawdd yn newid. Roedd ein defnydd o geir ac awyrennau yn llygru'r amgylchfyd a châi hynny effaith andwyol ar bopeth – yr awyr, y moroedd a'r afonydd. Ac roedd mwy o alw am ragor o geir ac awyrennau mewn gwledydd mawr fel India, Tsieina a Brasil. Sgil-effaith hyn, yn ôl rhai gwyddonwyr, oedd bod mwy o drychinebau naturiol yn cael eu cofnodi: mwy o stormydd, llifogydd, eira mawr, cyfnodau hir o sychder, hafau crasboeth a daeargrynfeydd.

"Mae fel petai'r Fam Ddaear yn ddig," meddai Ms Carson, "a natur yn protestio'n erbyn ein camdriniaeth ni ohoni."

Chymerodd y rhan fwyaf o'r dosbarth ddim sylw o gwbwl.

Aeth Ms Carson ymlaen i sôn am y broblem fwyaf, yr un oedd wrth wraidd yr holl broblemau eraill i gyd. Wrth i adnoddau'r blaned leihau roedd nifer y bobol ar y Ddaear yn cynyddu bob blwyddyn. Roedd bwyd a dŵr yn brin ond roedd angen cynhyrchu mwy o fwyd o hyd ar gyfer biliynau o bobol y byd.

Er bod y problemau hyn yn ddifrifol iawn, roedd Ms Carson yn ffyddiog bod y Ddaear yn gallu ymdopi, dim ond inni fod yn ofalus o'n hadnoddau prin a meddwl am ddulliau o redeg pethau fel ceir a golau heb niweidio'r Ddaear.

"Dyna'ch tasg chi," meddai Ms Carson. "Bydd rhai ohonoch chi, efallai, yn gallu dyfeisio dulliau o deithio heb andwyo'r hinsawdd, a rhaid i bob un ohonon ni beidio â gwastraffu dim."

Yr Athro Trywel

Cytunodd Martin i gwrdd â'r botanegydd. Aeth i fflat Lila.

"Mae Dad yn ei gell yn gweithio," meddai hithau.

Dododd Lila fisgedi a chreision a chnau hallt mewn powlenni. Roedd hi'n drefnus iawn.

"Dwi'n mynd i neud coffi. Paid â bwyta'r rheina cyn bod yr Athro Trywel yn cyrraedd."

"Ga i ddod i helpu yn y gegin?"

"Cei, ond paid â thwtsio dim byd. Dwi ddim eisiau llanast."

"Dwi'n gallu helpu i neud coffi heb greu llanast," meddai Martin.

"Mmm," meddai Lila'n amheus wrth roi ffa coffi yn y teclyn malu.

"Wyt ti wedi tynnu lluniau o Blodeuwedd?"

"Do," meddai Martin, "ar y ffôn."

"Na! O, Martin! Wedes i bod yn rhaid printio'r lluniau. Fydd yr Athro ddim yn gallu gweld lluniau ar ffôn bach."

"Pam?"

"Rhywbeth yn bod ar ei olwg, dwi'n meddwl."

Dododd Lila'r ffa wedi malu yn y *cafetière* ac yna rhoi'r tegell i ferwi. Meddyliodd Martin am yr holl adnoddau a gâi eu defnyddio dim ond er mwyn paratoi danteithion i ddieithryn. Deuai'r coffi yr holl ffordd o Golombia mewn pecyn wedi'i selio, a hwnnw wedi ei wneud o ryw ddeunydd metalaidd. Malodd Lila'r ffa coffi mewn teclyn trydan a berwi'r dŵr mewn tegell trydan. Deuai'r cnau, y creision a'r bisgedi mewn awyrennau a lorïau o bedwar ban byd ac roedd yn rhaid tyfu'r cnau a'r tatws ar gyfer y creision a'r holl gynhwysion yn y bisgedi: y blawd, y siwgr, y siocled… A doedd hyn ddim hyd yn oed yn bryd o fwyd. Tameidiau i aros pryd yn unig oedden nhw.

Wrth i'r tegell ddod i'r berw, canodd cloch y fflat. Roedd Lila wedi amseru popeth i'r eiliad. Aeth hi i ateb y drws.

Dyn crwn, byr, a byr ei olwg, yn gwisgo sbectol gyda gwydrau trwchus yn llithro i lawr ei drwyn oedd yr Athro Trywel.

"Dyma ni," meddai Lila gan ei dywys i'r lolfa gerfydd ei fraich. "Eisteddwch yn fan'na."

"Helô," meddai Martin.

"Dyma fy ffrind, Martin Bedward," meddai Lila'n ffurfiol iawn. "Martin yw perchennog y planhigyn. Af i nôl y coffi. Helpwch eich hunan i'r bwyd."

Er ei fod yn eistedd wrth ymyl y bwrdd coffi isel, roedd

hi'n amlwg o'r ffordd roedd e'n chwilota na allai'r Athro weld y powlenni'n glir.

"W! Creision!" meddai yn y man, gan stwffio dyrnaid i'w ben.

Daeth Lila o'r gegin â'r *cafetière* a chwpanau, jwg o laeth a phowlen o siwgr coch ar hambwrdd. Gosododd hwn yn ofalus ar y bwrdd coffi o flaen yr Athro.

"Coffi, Athro?"

"Ie, os gwelwch yn dda."

"Du?" gofynnodd Lila wrth ei arllwys i gwpan.

"Na, lot o laeth, neu hufen os oes peth, a lot o siwgr, os gwelwch yn dda. Tair llwyaid."

Roedd gan yr Athro bowlennaid o gnau ar y naill benglin a phowlennaid o fisgedi ar y llall a'r creision o'i flaen ac roedd yn defnyddio'i ddwy law i lenwi'i geg o'r tair powlen yn ddi-stop. Bob hyn a hyn cymerai gegaid o goffi.

Eisteddai Martin a Lila gyferbyn ag e ar y soffa yn yfed eu coffi. Doedd dim gobaith iddyn nhw gael yr un gneuen na bisgeden a doedd yr Athro Trywel ddim yn mynd i stopio nes iddo wacáu'r powlenni'n llwyr.

Dim rhyfedd ei fod e mor dew a chrwn, meddyliai Martin.

Wedi iddo glirio'r bwyd a llyfu'i fysedd a'i wefusau, yfodd yr Athro weddill ei goffi ar ei ben.

"Mmm, byddai paned arall yn dda, os gwelwch yn dda?"

Arllwysodd Lila goffi arall iddo, gan ychwanegu llaeth a thair llond llwyaid o siwgr.

"Mmm, nawr 'te," meddai. "Dwi'n barod i weld y lluniau."

Dangosodd Martin ei ffôn iddo.

"Na, na," meddai'n flin. "Rhaid i mi gael lluniau wedi'u printio'n glir."

"Af i i'w hargraffu nawr," meddai Lila gan gipio'r ffôn a thaflu golwg cas i gyfeiriad Martin. "Chymerith hi ddim mwy na munud neu ddwy."

Aeth i'w stafell gan adael Martin gyda'r Athro.

Doedd Martin ddim yn siŵr oedd yr Athro'n ymwybodol o'i bresenoldeb. Felly, pesychodd.

"Ti yw perchennog y planhigyn rhyfedd 'ma?"

"Ie," meddai Martin.

"Sut yn y byd gest ti afael arno?"

Soniodd Martin yn fras am hanes y planhigyn a sut y tyfodd Blodeuwedd. Dywedodd ei bod yn bwyta cig ond soniodd e ddim am Josephine chwaith. Yna, daeth Lila yn ôl â'r lluniau wedi'u hargraffu o'r ffôn a'u rhoi nhw i'r Athro. Cymerodd yntau chwyddwydr bach o boced fewnol ei siaced a chraffu trwyddo ar un o'r lluniau, ei drwyn bron yn cyffwrdd â'r papur.

"Mmm," meddai wrtho'i hun. "Od iawn. Anhygoel, yn wir. Pa mor dal yw e?"

"140cm erbyn hyn," meddai Martin. Roedd hi'n anodd meddwl am Blodeuwedd fel 'fe'.

"Na," meddai'r Athro gan daflu'r lluniau ar y bwrdd coffi ac edrych i fyny ar neb yn benodol. "Dwi ddim yn credu bod y rhain yn lluniau o blanhigyn go iawn."

"Ydyn, maen nhw," meddai Martin yn daer.

"Amhosib," meddai'r Athro. "Dyw peth fel hyn ddim yn bosib mewn gwyddoniaeth naturiol. Rhaid eich bod chi wedi ffugio'r lluniau rywsut. Ry'ch chi bobol ifanc yn gallu gwneud pob math o bethau i luniau ar eich cyfrifiaduron y dyddiau 'ma."

"'Sen i ddim yn gwybod sut i fynd ati i ffugio lluniau fel 'na," meddai Martin, wedi'i frifo.

"Falle'ch bod chi wedi gwneud rhyw fodel mas o blastig neu glai."

"Na, dim o gwbwl," meddai Martin gan godi ei lais. Pwy oedd hwn i amau ei air?

"Wel," meddai'r Athro gan straffaglu i godi o'r gadair isel. "Fedra i ddim gwastraffu mwy o amser. Os yw'r planhigyn yma'n bodoli, rhaid i mi ei weld yn y cnawd – neu yn y dail, fel petai," a chwarddodd yn uchel dros bob man.

"Dwi'n siŵr bod modd i ni drefnu hynny," meddai Lila, gan wincio ar Martin.

"Gadewch i mi wybod," meddai'r Athro.

Ar ei ffordd mas, trodd a gofyn i Lila, "Sut mae'ch tad?"

"Mae e'n gweithio yn ei gell heddiw."

"Mmm, dwi'n deall yn iawn," meddai'r Athro. "Da bo i chi."

Parti pen-blwydd

Roedd Siwsi ar bigau'r drain. Roedd noson ei pharti pen-blwydd wedi cyrraedd, o'r diwedd. Bu'n paratoi ers wythnosau a, chwarae teg, roedd Mam wedi trefnu sioe ysblennydd yn y lolfa. Roedd baner hir â'r geiriau 'Pen-blwydd Hapus Susan' yn estyn o un ochr y stafell i'r llall, a balŵns a rhubanau a lluniau o Siwsi yn ystod pob blwyddyn o'i hoes. Ac ar y ford roedd pecyn syrpréis i bob un o'i ffrindiau. Yn y gegin roedd teisen binc a gwyn a phymtheg o ganhwyllau bach arni yn aros am uchafbwynt y parti.

Gwnaeth Mam hyn i gyd yn weddol ddirwgnach, er nad oedd hi'n mwynhau trefnu partïon. Roedd y cyfan yn gostus iawn, er na soniodd am hynny wrth Siwsi. Pam roedd yn rhaid i'r rhai oedd yn *dod* i'r parti gael anrhegion?

Doedd Martin ddim yn hapus. Doedd Siwsi ddim yn mynd i roi gwahoddiad i Lila, ond dywedodd Martin na fyddai e'n dod oni bai bod Lila'n cael gwahoddiad, ac yn y diwedd fe ildiodd ei chwaer. Câi Lila ddod. Wedyn roedd Siwsi'n mynnu bod Blodeuwedd yn cael ei chuddio, a chytunodd Mam. Roedd Siwsi wedi gofyn i Martin roi Blodeuwedd lan lofft ond roedd y potyn a'r planhigyn wedi mynd yn rhy drwm i'w cario. Felly, doedd dim dewis ond rhoi Blodeuwedd mewn cornel, gosod sgrin o'i chwmpas a gorchuddio'r sgrin â lluniau a balŵns er mwyn ei chuddio'n well.

"Trueni am Blodeuwedd yn y gornel dywyll yna ar ei phen ei hun," meddai Martin wrth Macsen.

Ond y peth gwaethaf oll oedd bod Siwsi wedi gwahodd Leyton ac, wrth drefnu'r ford, roedd hi wedi gwneud yn siŵr ei fod yn eistedd wrth ei hochr hi.

Am hanner awr wedi chwech, canodd y gloch a chyrhaeddodd ffrindiau cyntaf Siwsi gyda'u cardiau a'u hanrhegion. Merched oedden nhw bob un, yn gwisgo ffrogiau parti. Pan gyrhaeddodd Lila roedd Martin yn falch o weld ei bod hi'n gwisgo jîns fel arfer a'i gwallt coch heb ei gribo hyd yn oed. Ac roedd hi'n cnoi gwm. Fel anrheg i Siwsi roedd hi wedi dod â chopi ail-law o *The Oxford Book of Welsh Verse* a rhuban coch amdano. Roedd wyneb Siwsi yn bictiwr o siom a dicter.

Yn fuan wedyn, cyrhaeddodd Leyton. Roedd Martin yn falch bod Lila yno i'w weld e'n dod. Roedd e wedi plastro'i doreth o wallt du â rhyw saim sgleiniog ac roedd e'n gwisgo crys gwyrdd a thei bô wedi'i glipio ar y coler. Ond roedd e'n dal i wisgo'r siwmper â'r gair 'Leyton' ar draws ei frest. Teimlai Martin yn dost wrth weld Leyton yn ei gartref.

"Nawr 'te," meddai Mam gan glapio'i dwylo wedi i bawb gyrraedd. "Ry'n ni'n mynd i gael chydig bach o hwyl cyn y bwyd. Gêmau parti!"

Distawrwydd. Eisteddai'r bobol ifanc yn syllu ar fam Siwsi fel petai'n wallgof neu'n siarad iaith estron.

"Chwaraeon?" parhaodd Mrs Bedward. "Chi gyd yn licio chwaraeon, on'd y'ch chi? Beth am ddechrau gyda Pasio'r Parsel?"

Dim ymateb.

"Wel, beth am Musical Chairs 'te?"

"Ma-am! Does neb yn chwarae pethau gwirion fel 'na dyddiau 'ma."

"Wel, beth am Charades? Mae pawb yn dwlu ar Charades," mynnodd Mrs Bedward. "Hen gêm Gymreig 'te? Tri Chymro yn Chwilio am Waith?"

Aeth sŵn cwynfanllyd drwy'r stafell.

"Ma-am! Sneb moyn chwarae gêmau twp."

"Dwi ddim yn deall pobol ifanc heddi, wir," meddai Mrs Bedward wrth neb yn benodol.

Felly, aeth pawb i eistedd at y ford lle roedd eu henwau ar gardiau wedi'u llythrennu gan Martin (roedd yn rhaid iddo wneud cyfraniad i'r parti mewn rhyw ffordd, meddai Mam). Agorodd pob un ei becyn syrpréis cyn dechrau ar y bwyd. Ymhen ychydig, diffoddwyd y golau a dechreuodd pawb ganu 'Pen-blwydd hapus' wrth i Mam gario'r deisen i mewn a'r canhwyllau'n pefrio. Gosododd Mam y deisen yn ofalus ar y ford.

"Pen-blwydd hapus i Siws-aan, pen-blwydd hapus i ti."

Caeodd Siwsi ei llygaid wrth feddwl am ei dymuniad ac roedd hi ar fin chwythu'r canhwyllau pan ddaeth mwstwr o'r gornel – a chwap! Llyncodd Blodeuwedd y deisen yn gyfan, ynghyd â'r canhwyllau, mewn amrantiad. Brysiodd Martin a Lila at Blodeuwedd a'i gwthio'n ôl i'r gornel a'i chuddio y tu ôl i'r sgrin. Gadawodd ffrindiau Siwsi mewn dychryn a hithau'n ei dagrau. Arhosodd Leyton i'w chysuro am dipyn ond wedyn gadawodd yntau hefyd.

"Trychineb!" meddai Siwsi gan gladdu'i hwyneb yn ei breichiau ar y ford.

Dr Glesni Goludie

Roedd rhai'n dweud taw ci mawr oedd e. Eraill yn dweud taw jôc greulon oedd hi a bod rhyw ddyn wedi gwisgo lan i ddychryn pawb. Roedd rhai o'r rhieni'n grac ac ysgrifennodd un neu ddau lythyrau cas at Mrs Bedward. Ond roedd hithau'r un mor grac ag oedden nhw.

"Martin? Pryd y'n ni'n mynd i gael gwared â'r planhigyn ffiaidd yma? Pryd mae'r gwyddonwyr yn dod â'r arian i ni a mynd ag e o 'ma?"

Roedd hi wedi anghofio taw Blodeuwedd oedd hi ac wedi mynd i gyfeirio ati fel 'y planhigyn' unwaith eto.

Ond roedd Siwsi yn fwy crac na neb. Am fod Blodeuwedd wedi llyncu'i theisen ben-blwydd, roedd Siwsi wedi llyncu mul, wedi pwdu, a doedd dim Cymraeg o gwbwl rhyngddi hi a'i brawd.

Roedd sawl peth arall wedi gwaethygu ers y parti hefyd. Galwai Leyton yno'n amlach ac roedd Mam yn derbyn ei fod e a Siwsi yn 'canlyn'. Roedd Mam o'r farn ei fod e'n 'fachgen ffein'. Ond pan fyddai Mam a Siwsi'n troi'u cefnau byddai Leyton yn gweld ei gyfle i wneud rhywbeth cas i Martin. Lapiai ei fraich dan ei ên a rhwbio'i bigyrnau'n galed ar dop ei ben; ei faglu wrth iddo basio; neu afael yn ei arddwrn a rhoi *Chinese burn* i'w fraich. Ond y peth gwaethaf oedd bod Blodeuwedd wedi bod yn dost ers bwyta'r deisen.

"Mae'r dail yn melynu," meddai Martin wrth Lila, "ac mae'n hongian ei phen."

"Ydy hi'n dal i fwyta?"

"Ydy, ond ddim yn awchus."

"Wyt ti wedi newid ei phridd hi'n ddiweddar?"

"Do. Mae'n sefyll mewn bin plastig nawr. Dyna'r peth mwya ro'n i'n gallu'i ffeindio."

$$Gwddf = 180cm$$
$$Ceg = 50cm$$

"Awn ni i weld un arall o ffrindiau Dad," meddai Lila. "Dr Glesni Gowdie. Bydd hi'n gwybod beth i'w wneud i wella Blodeuwedd."

★

Roedd Dr Gowdie'n byw mewn bwthyn bach gwyn gyda gardd fawr a thŷ gwydr wrth ei ochr. Pan alwodd Martin a Lila roedd Dr Gowdie yn y tŷ gwydr.

"Dewch i mewn," meddai.

Roedd y lle'n llawn planhigion. Rhes ar ben rhes o blanhigion ar hyd ochrau'r tŷ gwydr. Roedd planhigion yn y canol a rhai'n dringo hyd at y to. Doedd Martin na Lila ddim wedi gweld lle tebycach i jyngl erioed. Ond mewn un cornel roedd gan Dr Gowdie gadair esmwyth a bord fechan a phentwr o lyfrau a phapurau a chyfrifiadur arni. Roedd Dr Gowdie yn fyrrach na Martin a Lila, er ei bod yn ei saithdegau. Roedd ei gwallt a'i dillad a hyd yn oed fframiau ei sbectol i gyd yn wyn. Roedd hi'n fenyw ddymunol a chymerodd Martin ati'n syth. Roedd ganddi ddiddordeb mawr yn Blodeuwedd a gofynnodd un cwestiwn ar ôl y llall.

"Rhyfeddol," meddai pan ddangosodd Martin luniau o Blodeuwedd iddi. Craffodd ar y ffotograffau drwy'i sbectol. "*Specimen* eithriadol. Unigryw a dweud y gwir. Byddwn i wrth fy modd yn ei weld."

"Croeso i chi," meddai Martin, "ond mae arna i ofn ei bod hi'n dost."

Disgrifiodd ei chyflwr i Dr Gowdie yn fanwl.

"Mae'n bosib bod y deisen a'r canhwyllau wedi cael effaith ddrwg arni," meddai Dr Gowdie, "ond dwi'n credu bod eisiau mwy o gig coch arni. Mae'n bosib taw planhigyn o oes y deinosoriaid yw hwn a'i fod yn mynd i dyfu'n fwy eto."

"Beth petai hi'n tyfu'n rhy fawr i'n tŷ ni?" gofynnodd Martin yn betrus. "Mae hi bron yn rhy fawr yn barod."

"Dewch â hi ata i. Fe wnawn ni le i Blodeuwedd yma."

Gormod o Leyton

Un peth oedd cael ei boeni gan Leyton yn yr ysgol, ond peth arall oedd cael Leyton yn boen yn ei gartref ei hun. Ond roedd Martin wedi sylwi ar rywbeth newydd yn ystod yr wythnosau diwethaf. Roedd Leyton yn dal i gyboli gyda Siwsi ac yn galw i'w gweld hi'n gyson. Aent i'r sinema gyda'i gilydd a cherddent law yn llaw yn yr ysgol ac yn y dref. Gwyddai pawb fod Leyton a Siwsi'n canlyn. Ond weithiau, byddai Siwsi'n dal Leyton yn siarad â merched eraill. Weithiau, byddai Leyton a Siwsi'n ffraeo gymaint fel na allai Martin glywed y teledu. Un tro, roedd Martin a Lila'n chwarae gwyddbwyll yn y lolfa ac roedd hi'n anodd canolbwyntio ar y gêm gan fod Siwsi a Leyton yn gweiddi ar ei gilydd. Yn y diwedd, cerddodd Leyton mas gan roi clep i'r drws a gadael Siwsi yn ei dagrau.

Bryd arall, byddai'r ddau yn lyfi-dyfi ar y soffa gyda'i gilydd, yn ddigon i godi cyfog ar Martin. Ac yn aml deuai Leyton i'r tŷ a thrin y lle fel ei gartref ei hun. Âi i'r oergell a gwneud brechdan. Gorweddai ar ei hyd ar y soffa a gwylio'r teledu. Ymunai â'r teulu am bryd o fwyd.

Ond doedd pethau ddim yn dda rhyngddo a Siwsi.

"Mae'n 'y nghymryd i'n ganiataol," meddai hi wrth Mam un noson.

"Fel 'na mae bechgyn," meddai Mam.

"Mae e wedi bod yma bob nos wythnos 'ma a dim ond gwylio'r teledu mae e. Dy'n ni byth yn mynd mas."

"Wel, mae'n cadw cwmni i ti, on'd yw e?"

"Mae e'n gwneud ei hun yn rhy gartrefol, yn lolian ar hyd y lle. Ond pan dwi'n mynd i'w gartre fe dwi'n gorfod bod yn dawel a dwi ddim yn cael mynd o stafell i stafell fel mae e'n neud 'ma. Dwi'n gorfod eistedd yn y lolfa."

"Teulu henffasiwn ydyn nhw," meddai Mam.

"Oes rhaid i ti wneud esgus drosto fe bob tro?" gofynnodd Siwsi.

"Dwi ddim yn gweld dim o'i le arno."

Allai Martin ddim credu'i glustiau wrth iddo glywed ei chwaer yn gwylltio.

"Mae lot o bethau o'i le arno! Mae'n ddiog, yn frwnt, yn drewi hyd yn oed, ac mae e'n fflyrtan gyda merched eraill."

"Pam na wnei di gwpla gydag e 'te?" gofynnodd Martin.

"Cau di dy ben," meddai Siwsi.

"Sdim eisiau bod fel 'na, Siwsi," meddai Mam.

"Dwi wedi cael llond bol ar fechgyn," meddai Siwsi a rhedeg i'w stafell i bwdu.

Hanes Leyton

Roedd Martin yn poeni'n arw am Blodeuwedd. Er iddo roi mwy o gig coch iddi, fel y dywedodd Dr Gowdie, roedd hi'n dal i nychu. Yn wir, roedd y planhigyn yn gwywo. A doedd Mam ddim yn gallu fforddio prynu mwy o gig iddi.

"Pam na wnei di roi tuniau o fwyd cŵn neu gathod iddi?" awgrymodd Lila. "Mae'r rheina'n rhatach na chig ffres."

Roedd Martin wrthi'n trio hynny rhyw ddiwrnod pan ddaeth Leyton i'r tŷ.

"Pa fath o blanhigyn yw hwnna?" gofynnodd.

$$Gwddf = 190cm$$
$$Ceg = 65cm$$

"Dim byd arbennig," meddai Martin.

"Ti'n rhoi bwyd ci iddo fe! Hwnna lowciodd deisen Siwsi?"

"Na," meddai Martin. "Tric oedd hwnna. Fi wedi gwisgo fel anghenfil gipiodd y deisen ben-blwydd."

"Mmm…" meddai Leyton yn amheus gan setlo i orwedd ar y soffa.

Dododd Martin lond bowlen o fwyd ci o flaen Blodeuwedd. Cymerodd y cig ond heb fawr o awch.

"Ble mae Siwsi?" gofynnodd Leyton, gan droi'r teledu ymlaen. "Roedd hi fod i gwrdd â fi 'ma am ddau o'r gloch."

"Wedi mynd mas ar neges i Mam."

Roedd Leyton yn gwylio rasio ceir ar y teledu. Ni allai Martin ddioddef bod yn yr un stafell ag e felly aeth i'w lofft a thecstio Lila.

Yn y tŷ gyda Leyton. Wedi cynnig bwyd ci i Blod. Ofni ei cholli hi.

Tecstiodd Lila'n ôl yn syth.

Dod draw nawr.

Aeth Martin i nôl y set gwyddbwyll wrth aros am Lila. Yna, fe glywodd sgrech yn dod o'r lolfa. Credai taw rhywbeth ar y teledu oedd e nes iddo glywed sgrech arall. Ac un arall. Ac yna… distawrwydd.

Rhedodd nerth ei draed i lawr y grisiau i'r lolfa. A dyna lle roedd Blodeuwedd yn sefyll wrth y soffa, wedi symud o'i lle wrth y ffenest. A doedd dim golwg o Leyton yn unman. Wel, doedd hynny ddim yn hollol wir. Roedd siâp Leyton ym mhen Blodeuwedd. Roedd dail mawr ei cheg yn ei orchuddio i gyd. A doedd e ddim yn symud.

Ar hynny, daeth Lila i mewn drwy'r drws cefn.

"Mae Blodeuwedd wedi bwyta Leyton!" meddai Martin.

"Be?! Sut oedd hi'n gallu ei gael e i gyd i'w cheg?"

"Dwi ddim yn gwybod," meddai Martin, oedd yn sefyll fel petai wedi'i rewi.

"Be wnawn ni?" gofynnodd Lila, wedi'i dychryn am ei bywyd.

"Dwi ddim yn gwybod," oedd yr unig beth y gallai Martin ei ddwcud yn ei fraw.

"Dwi'n gwybod," meddai Lila. "Awn ni â hi i dŷ gwydr Dr Gowdie. Oes whilber 'da ti?"

"Oes, yn y garej."

Symud Blodeuwedd

Doedd y dasg o wthio planhigyn mor fawr â Blodeuwedd, a Leyton yn ei cheg, mewn whilber yr holl ffordd drwy Dregolew i gartref Dr Gowdie heb ddenu sylw ddim yn un hawdd. Fe gymerodd hi dipyn o amser. Erbyn iddyn nhw gyrraedd, doedd siâp y corff ddim i'w weld mor glir yn nail uchaf Blodeuwedd. Roedd ei dail a'i ffrondau i gyd wedi colli eu melynrwydd ac wedi troi'n wyrddach.

"Dwi'n siŵr ei bod hi wedi tyfu yn yr awr ddwetha," meddai Martin.

"Pwy 'se'n meddwl y byddai Leyton yn wrtaith mor dda?"

"Paid jocan, Lila! Bydd ei deulu yn gweld ei eisiau fe, cofia."

"Mae 'mreichiau i'n brifo," meddai Lila. Hi oedd wedi gwneud y rhan fwyaf o'r gwaith gwthio.

Daeth Dr Gowdie i agor drws y tŷ gwydr.

"Dewch i mewn," meddai.

"Dyma Blodeuwedd," meddai Martin.

"O! Mae'n ysblennydd! Dewch â hi i'r gornel. Dwi wedi clirio lle."

Prin bod digon o le iddi, serch hynny. Roedd y dail uchaf yn cyrraedd y to gwydr yn barod.

Roedd Martin a Lila wedi cytuno i beidio â sôn am Leyton.

"Oes rhywbeth i mewn rhwng y dail uchaf?" gofynnodd Dr Gowdie.

"O, maen nhw'n chwyddo weithiau," meddai Martin.

"Mmm, pam, tybed?" meddai Dr Gowdie, ond doedd hi ddim yn disgwyl i Martin na Lila roi ateb iddi. "Y peth cyntaf i'w wneud yw ffeindio potyn arall iddi. Mae'n byrstio mas o'r hen fin plastig 'na. Mae twba pren yn yr ardd gefn. Gwnaiff hwnnw'r tro. Ond mae'n siŵr o dyfu eto ac wedyn bydd yn rhaid inni 'i symud i rywle arall."

"I ble?" gofynnodd Martin yn bryderus.

"Paid â phoeni," meddai Dr Gowdie. "Mae ffrind 'da fi sydd â thŷ gwydr mwy o lawer na hwn."

Ond roedd Martin yn poeni. Doedd e ddim yn licio meddwl am Blodeuwedd yn cael ei symud eto.

"Mae'n saff yma," meddai Dr Gowdie. "Edrycha i ar ei hôl hi."

Wedyn, roedd yn rhaid i Martin a Lila fynd, a gadael Blodeuwedd yno.

★

"Ydy Leyton wedi bod yma?" oedd cwestiwn cyntaf Siwsi wrth i Martin ddod trwy'r drws gyda Lila.

"Ydy," meddai Martin, oedd yn ei chael hi'n anodd dweud celwydd.

"Ond mae e wedi mynd," meddai Lila, oedd yn gelwyddgi naturiol.

"Ddwedes i wrtho fe am aros yma amdana i," meddai Siwsi'n flin.

"Wel, wel," meddai Mam ar ôl dodi'r nwyddau yn yr oergell a'r cypyrddau. "Mae'r hen blanhigyn salw 'na wedi mynd."

"O'r diwedd," meddai Siwsi.

"O'r diwedd, wir," meddai Mam. "Dwi'n teimlo fel gwneud dawns! Fydd dim rhaid prynu rhagor o gig. Faint o arian gest ti amdano, Martin?"

"Dim," meddai Martin yn onest.

"Dim eto," meddai Lila. Roedd rhaffu celwyddau yn ail natur iddi.

"Wel, faint maen nhw'n mynd i'w dalu, a phryd?"

"Maen nhw'n trafod y pris," meddai Lila, "ac yn mynd i adael i ni wybod o fewn y dyddiau nesa."

"Wel, peth ffôl iawn oedd rhoi'r planhigyn iddyn nhw cyn cael yr arian," meddai Mam.

Roedd Martin yn teimlo'n anghyfforddus. Roedd Blodeuwedd wedi bwyta Leyton a doedd dim sôn am arian amdani. Roedden nhw'n siŵr o gael eu dal yn hwyr neu'n hwyrach. Beth fyddai'n digwydd wedyn? Gwelodd Martin luniau yn ei feddwl ohono fe a Lila ar dudalennau blaen y papurau ac ar y newyddion ar y teledu gyda'r penawdau:

CARCHAR AM OES AM FWYDO BACHGEN I BLANHIGYN PERYGLUS!

Gwelodd ei hunan mewn cell foel, ei freichiau a'i goesau mewn cadwyni, ac yn cael dim ond crwstyn sych a dŵr oer unwaith y dydd. Yna calliodd. Doedden nhw ddim yn carcharu pobl ifanc. A doedd e a Lila ddim wedi bwydo Leyton i Blodeuwedd. Damwain oedd hynny. Mewn ffordd, bai Leyton ei hun oedd e am fod mor ddeniadol o flasus i blanhigyn cigfwytaol rheibus. Tawelodd ei feddwl. Teimlai Martin fod ei gydwybod yn lân. On'd oedd Leyton wedi bod yn ddân ar ei groen ers blynyddoedd? Cafodd yr hyn roedd yn ei haeddu. Gwynt teg ar ei ôl.

"Ble mae e?" meddai Siwsi'n grac. "Wel, dyna ni, dwi ddim yn mynd i siarad ag e byth 'to!"

"Syniad da," meddai Lila.

"Syniad da iawn," cytunodd Martin.

Tyfu o hyd

Roedd Martin yn ei chael hi'n anodd canolbwyntio ar ei waith yn yr ysgol, hyd yn oed yng ngwersi Ms Carson. Er ei fod e a Lila'n galw i weld Blodeuwedd bob prynhawn ar ôl ysgol, doedd e ddim yn hapus â'r sefyllfa.

"Dyw Blodeuwedd ddim yn licio'i lle," meddai.

"Sut wyt ti'n gwybod?" gofynnodd Lila. "Planhigyn yw hi, wedi'r cyfan."

"Ond nid planhigyn cyffredin. Planhigyn sy'n gallu symud ac sy'n teimlo pethau."

"Ac yn bwyta cathod a phobol," meddai Lila.

"Ddim yn fwriadol," meddai Martin. "Ddim yn cael digon o fwyd oedd hi, 'na i gyd."

"Wel, mae'n cael digon o fwyd 'da Dr Gowdie. Mae hi'n bwydo cig iddi rownd y rîl."

"Ond dyw hi ddim yn licio bod gyda Dr Gowdie."

"Mae mwy o broblemau 'da ni," meddai Lila. "Mae'r heddlu a theulu Leyton yn chwilio amdano fe."

Pan gyrhaeddon nhw'r tŷ gwydr roedd Dr Gowdie yn bryder i gyd.

"Mae Blodeuwedd yn dal i dyfu ac mae'n cerdded o gwmpas o hyd."

"Mae'n gwrthod setlo," meddai Martin. "Be wnawn ni 'te?"

"Dwi wedi galw ffrind i mi, yr Athro Trywel, ac mae'n fodlon cymryd Blodeuwedd a'i gosod yn ei dŷ gwydr mawr."

"Na," meddai Martin.

"Ond dwi ddim yn gallu ei chadw hi yma," meddai Dr Gowdie.

"A sdim lle iddi yn dy dŷ di," meddai Lila.

"Ar ochr pwy wyt ti, Lila?"

Edrychodd Martin ar Blodeuwedd. Yn wir, roedd hi wedi tyfu eto.

$$Gwddf = 275cm$$
$$Ceg = 87cm$$

Roedd ei phen erbyn hyn yn plygu o dan do'r tŷ gwydr. Ond roedd ei dail a'i ffrondau i gyd yn wyrdd, iach, a'r gwreiddiau gwyn yn ymwthio'n bell o waelod y twba. Roedd hi'n cael digon o fwyd maethlon, roedd hynny'n amlwg. Hwyrach taw'r peth callaf i'w wneud fyddai gadael iddi fynd. Ond allai Martin ddim derbyn y syniad.

Gadawodd e Lila a Dr Gowdie yn y tŷ gwydr. Rhedodd tua thre ac aeth lan lofft gyda Macsen. Doedd e ddim am siarad â neb ond ei gi trwyn smwt.

Blodeuwedd yn cael ei dwyn

Y noson honno, tecstiodd Lila Martin sawl gwaith ond edrychodd Martin ddim ar y negeseuon. Yna, canodd ei ffôn bach ond dododd Martin y ffôn mewn drôr. Clywodd ffôn y tŷ'n canu wedyn.

"Mae Lila ar y ffôn!" galwodd Mam arno.

"Dwi ddim eisiau siarad â hi."

"Mae hi'n dweud ei fod e'n bwysig iawn."

"Sdim ots 'da fi."

"Mae hi'n dweud os wyt ti eisiau gweld Blodeuwedd eto bod yn rhaid i ti ddod nawr."

Cododd Martin o'r gwely a mynd i siarad â Lila ar y ffôn.

"Martin," meddai Lila, "dere draw i dŷ gwydr Dr Gowdie nawr! Mae hi wedi ffonio'r Athro Trywel i fynd â Blodeuwedd."

Doedd dim rhaid iddi ddweud mwy. Heb oedi, cymerodd Martin ei feic a bant ag e, a Macsen yn ei sach gefn.

"Rhy hwyr!" meddai Lila pan gyrhaeddodd. "Mae'r Athro Trywel a Dr Gowdie wedi dodi Blodeuwedd mewn fan a mynd â hi i'w dŷ gwydr."

"Wyt ti'n gwybod lle mae e?"

"Ydw, dyw e ddim yn bell."

"Dere 'te, sdim amser i'w golli."

A bant â nhw eto ar eu beiciau. Roedd tŷ gwydr yr Athro Trywel yn ysblennydd ac yn enfawr, fel palas gwydr, fel y dywedodd Dr Gowdie, ond doedd dim modd mynd i mewn iddo. Reidiodd y ddau o'i amgylch ar gefn eu beiciau. Roedd y prif ddrws wedi'i gloi.

"Does 'na ddim drysau eraill," meddai Lila.

"A sdim un o'r ffenestri ar agor."

"Dwi ddim yn gallu gweld y tu fewn," meddai Lila. "Mae gormod o blanhigion."

Yna, agorodd y prif ddrws a dyna lle roedd Dr Gowdie.

"Peidiwch â phoeni, blantos," meddai. "Dy'n ni ddim yn mynd i wneud unrhyw ddrwg i Blodeuwedd. Edrych ar ei hôl hi ydyn ni."

"Ond nid eich planhigyn chi yw hi," meddai Martin. "Dwi moyn ei gweld hi."

"Wrth gwrs, dewch mewn," meddai Dr Gowdie.

Dilynodd Martin a Lila y fenyw fach drwy ddrws y tŷ gwydr, yna ar hyd sawl coridor a'r rheini'n llawn hyd yr ymylon o blanhigion, ac wedyn lan tair rhes o risiau. Unwaith eto, ar bob llawr, roedd blodau a phlanhigion o bob math ym mhobman.

"Sawl milltir ydyn ni wedi'i cherdded?" gofynnodd Lila.

"Dyma ni," meddai Dr Gowdie gan agor drws mawr.

A dyna lle roedd Blodeuwedd ar fin llyncu'r Athro Trywel.

Blodeuwedd yn dianc

Bu bron i Dr Gowdie lewygu mewn braw. Dim ond traed yr Athro Trywel oedd i'w gweld yn ymwthio o ben Blodeuwedd. Ond yna agorodd Blodeuwedd ychydig ar ei dail a gydag un llwnc arall diflannodd y traed hefyd.

Daeth Dr Gowdie ati'i hun a thynnu ffôn bach o'i phoced.

"Be chi'n neud?" gofynnodd Lila.

"Ffonio'r heddlu!" gwaeddodd Dr Gowdie mewn panig llwyr.

"Pam? Dyw'r heddlu ddim yn gallu arestio planhigyn," meddai Lila.

"Dere, Lila, rhaid i ni gael Blodeuwedd mas o 'ma," meddai Martin.

"Peidiwch â'i symud!" sgrechiodd Dr Gowdie, wedi gwylltio'n gacwn. "Mae'r heddlu ar eu ffordd."

Gafaelodd ym mreichiau'r ddau ac er ei bod hi'n fach roedd hi'n rhyfeddol o gryf.

"Hei!" gwaeddodd Martin.

"Ry'ch chi'n aros yma nes i'r heddlu gyrraedd," meddai Dr Gowdie yn bendant. Roedd ei dwylo fel maglau wedi'u cloi am arddyrnau'r ddau.

O fewn munudau roedd seiren yr heddlu i'w chlywed a golau glas y car yn fflachio drwy'r awyr.

"Wel, mae'n ddrwg gen i am hyn, Dr Gowdie," meddai Lila, "ond sdim dewis 'da fi."

A dyma hi'n cnoi cefn llaw Dr Gowdie, yr un oedd yn gafael yn ei braich hi.

"Aw!" meddai Dr Gowdie gan adael nid yn unig Lila yn rhydd ond Martin hefyd.

Rhedodd y ddau at Blodeuwedd. Ond, ar yr un pryd, aeth Dr Gowdie i agor drws y tŷ gwydr i'r heddlu.

"Be wnawn ni?" meddai Martin. "Mae hi'n rhy drwm i ni ei symud!"

"Paid â phoeni, Martin. Nid Blodeuwedd y bydd yr heddlu'n ei chymryd i'r ddalfa, ond ni'n dau."

Roedd sŵn traed yn dod yn agosach.

"Dyma'r planhigyn wnaeth fwyta'r Athro Trywel," meddai Dr Gowdie.

Edrychodd y ddau heddwas ar Dr Gowdie yn syn.

"Pwy yw'r plant 'ma?" gofynnodd un o'r heddweision.

"Y plant sydd wedi dod â'r planhigyn yma."

"A ble mae'r Athro Trywel?" gofynnodd yr heddwas arall.

"Wel, yn y planhigyn," meddai Dr Gowdie yn ddiamynedd.

Chwarddodd y ddau heddwas.

"Ha, ydy, mae e'n blanhigyn mawr, ond dwi ddim yn credu bod unrhyw blanhigyn yn gallu bwyta dyn."

"Mae hwn newydd fwyta dyn o flaen fy llygaid i," meddai Dr Gowdie. Roedd hi'n gandryll erbyn hyn.

"Planhigyn od, on'd yw e, Roy?" meddai un o'r plismyn wedyn.

"Ydy, Ray," meddai'r llall. "Dwi ddim wedi gweld un tebyg iddo."

"Wel," gofynnodd Dr Gowdie, "beth y'ch chi'n mynd i'w wneud?"

"Sdim byd ni'n gallu neud, oes e, Roy?" meddai Ray.

"Dim byd, Ray," meddai Roy.

"Aaa!" gwaeddodd Dr Gowdie gan dynnu gwallt gwyn ei phen, yn llythrennol.

"Nawr, nawr," meddai Roy. "Gallwn ni'ch arestio chi am wastraffu amser yr heddlu."

"Mae'n drosedd, chi'n gwybod," meddai Ray, "i wastraffu'n hamser ni."

Chwarddodd y ddau eto a dodi eu helmedau 'nôl ar eu pennau.

"A gwell i chi'ch dau fynd tua thre," meddai Roy wrth Martin a Lila.

"Ie," meddai Ray, "gartre yw'ch lle chi nawr."

A gadawodd y ddau.

"Creaduriaid diwerth!" gwaeddodd Dr Gowdie ar eu hôl. "Fy arian treth i sy'n talu'ch cyflogau chi. Dewch 'nôl yr eiliad 'ma neu fe welwch chi drosedd arall!"

Chymerodd yr heddweision ddim sylw ac yn fuan wedyn gallai Martin a Lila weld y ddau drwy ffenestri'r tŷ gwydr yn gyrru i ffwrdd.

"Reit," meddai Dr Gowdie. "Dwi'n mynd i nôl llif drydan a thorri'r planhigyn dieflig 'na."

"Na!" meddai Martin.

"Fe sefwn ni o flaen Blodeuwedd i'w hamddiffyn hi," meddai Lila.

Mewn byr o dro, daeth Dr Gowdie lan y grisiau gan gario llif a gallai'r ddau glywed y peiriant yn rhuo. Roedd hi'n llif bwerus iawn.

"Mas o'r ffordd," meddai Dr Gowdie.

"Na!" gwaeddodd Martin a Lila gyda'i gilydd a chyfarthodd Macsen.

"Am y tro ola, mas o'r ffordd!" Taniodd Dr Gowdie y llif eto.

"Na! Dy'n ni ddim yn symud."

Mewn chwinciad, gafaelodd Dr Gowdie yn Macsen gerfydd ei goler.

"Symudwch neu fe lifia i'r ci 'ma'n ei hanner!"

Daliodd Dr Gowdie y llif yn fygythiol uwchben y ci. Doedd gan Martin a Lila ddim dewis ond camu o'r neilltu a gadael iddi nesáu at Blodeuwedd.

Yna, yn ddirybudd, symudodd Blodeuwedd. Estynnodd ei ffrondau, gan fwrw'r gwydr wrth ei hochr. Torrodd y ffenestri'n deilchion a diflannodd Blodeuwedd drwy'r twll. Gan ddefnyddio'i gwreiddiau fel traed a'i ffrondau fel breichiau, dringodd i lawr ochr y tŷ gwydr anferthol gan adael Martin a Lila a Dr Gowdie yn edrych yn gegrwth ar ei hôl.

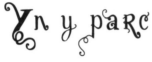

Yn y parc

Rhedodd Martin, Lila a Macsen i lawr grisiau'r tŷ gwydr a mas i'r stryd mewn da bryd i weld Blodeuwedd yn ymlwybro i gyfeiriad canol Tregolew.

"Mae'n symud yn glou!" meddai Martin.

"Awn ni ar ei hôl hi ar y beiciau. Dere!"

Cododd Martin Macsen a'i ddodi yn ei sach gefn. Ond erbyn iddyn nhw gyrraedd canol y dref doedd dim golwg o Blodeuwedd. Aeth y ddau rownd a rownd a rownd y dref yn chwilio amdani.

"Mae wedi diflannu!" meddai Martin.

"Amhosib! Mae'n rhy fawr!" meddai Lila.

$$Gwddf = 705cm$$
$$Ceg = 160cm$$

Erbyn hyn roedd hi'n dechrau tywyllu.

"Bydd Mam yn poeni amdana i," meddai Martin.

"Fydd Dad ddim yn sylwi, nes ei bod hi'n bryd i mi baratoi 'i goco iddo am naw o'r gloch," meddai Lila.

Edrychodd Martin o'i gwmpas. Sefyll ger eu beiciau roedden nhw yng nghanol Tregolew.

"Ble yn y byd y gallai planhigyn mawr fynd heb i neb ei weld?"

"Y parc?" meddai Lila.

"Ti'n athrylith," meddai Martin.

"Dwi'n gwybod," atebodd Lila'n ddifrifol.

A bant â nhw fel dau aderyn. Roedd y parc ar gyrion y dref yn lle mawr.

"Bydd y clwydi'n cael eu cloi cyn hir," meddai Martin.

"Mae hanner awr 'da ni," meddai Lila. "Cer di'r ffordd 'na ac fe af i ffordd 'na a chwrdd wrth y glwyd wedyn."

"Beth os bydd un ohonon ni'n ei ffeindio?"

"Ydy dy ffôn 'da ti?"

"Ydy."

"Wel, 'na ni, 'te."

Roedd y parc yn lle digon anghynnes yn y gwyll. Roedd hi'n dawel a 'run enaid byw arall yno. Roedd clêr yn yr awyr a gwibiai ambell ystlum i'w dal. Teimlai

Martin yn nerfus. Lwcus bod Macsen ganddo'n gwmni. Roedd arno ofn gweld ysbryd yn llercian rhwng y coed. Ond doedd dim sôn am Blodeuwedd. Dechreuodd y nos lapio'i hun o gwmpas y parc ac oerodd yr awyr. Suddodd calon Martin. Gobeithiai fod Lila'n cael gwell lwc.

Yna, cyfarthodd Macsen yn y sach ar ei gefn.

"Be sy, Macs?"

Stopiodd ei feic a gadael Macsen mas o'r sach. Rhedodd y ci tuag at un o'r llwyni ar y chwith. Ac yno, yn sefyll rhwng clwmp o goed derw, roedd Blodeuwedd, a hithau mor dal â rhai o'r coed talaf. Estynnodd Martin am ei ffôn i ffonio Lila ac o fewn ychydig funudau daeth hithau ar draws y lawntiau at Martin a Macsen.

"Drycha," meddai Martin. "Mae'i phen i lawr a'i dail a'i ffrondau'n hongian yn isel. Mae wedi mynd i gysgu, dwi'n siŵr."

"Ac mae wedi gwthio'i gwreiddiau i mewn i'r pridd."

Ar hynny, canodd cloch y parc i ddweud bod y clwydi'n cael eu cloi ymhen deng munud.

"Rhaid i ni fynd," meddai Lila. "Mae Blodeuwedd yn saff yma – am heno, o leiaf."

Yn y newyddion

Fore trannoeth, dihunodd Martin yn gynnar a'r peth cyntaf a ddaeth i'w feddwl oedd Blodeuwedd yn y parc, wrth gwrs. Ond cyn iddo gael cyfle i hel gofidiau amdani, galwodd Mam arno.

"Martin!" Roedd ei llais yn llawn braw a phryder. "Mae'n dweud ar y newyddion bod anifail gwyllt yn rhydd yn y dre!"

Roedd ei fam a'i chwaer yn y lolfa yn syllu ar y teledu.

"Drycha!" meddai Mam. "Tregolew."

"Beth yw e?" gofynnodd Siwsi, wedi'i dychryn. "Epa? Deinosor?"

"Blodeuwedd!" meddai Martin.

A dyna lle roedd hi, yn ymlwybro drwy'r dref, yn codi ceir a bysiau i'w phen fel bisgedi. Roedd hi'n torri popeth yn ei ffordd.

"Paid â dweud taw'r anghenfil 'na yw'n Blodeuwedd ni!" meddai Mam.

"Dwi wastad wedi casáu'r planhigyn 'na!" meddai Siwsi.

Canodd ffôn Martin yn ei boced.

"Wyt ti'n gwylio'r newyddion?" meddai llais Lila.

"Wrth gwrs," meddai Martin. "Lila, mae Blodeuwedd wedi mynd yn wyllt. Mae pobol yn rhedeg am eu bywydau i bob cyfeiriad."

Stopiodd Martin i edrych ar y teledu eto. Roedd Blodeuwedd wedi torri i mewn i'r orsaf ac yn codi trên i'w phen fel llinyn o selsig.

Canodd y ffôn yn y tŷ ac aeth Mam i'w ateb.

"O, na," meddai Siwsi â'i dwylo dros ei cheg wrth weld Blodeuwedd ar y teledu yn bwrw adeiladau i'r llawr.

"Ms Carson oedd ar y ffôn," meddai Mam. "Sdim ysgol heddiw. Fyddwn i ddim wedi gadael i chi fynd, ta beth.

Mae'r heddlu yn cynghori trigolion Tregolew i aros yn eu cartrefi, meddai'r dyn ar y newyddion."

"Hwrê! Dim ysgol. Diolch, Blodeuwedd!" bloeddiodd Martin.

Cofiodd fod Lila yn dal i fod ar y ffôn bach.

"Dere, Martin, awn ni i'r dre," meddai Lila.

"Wel, mae'r heddlu'n siŵr o drio'n stopio ni."

"Pwy? Roy a Ray? Allen nhw ddim stopio tisiad!" meddai Lila.

Aeth Martin i nôl ei sach gefn a dodi Macsen ynddi.

"Ble ti'n mynd?" gofynnodd Mam.

"I'r dre. I weld Blodeuwedd."

"Dim gobaith. Dim ffiars o beryg. Ti ddim yn cael mynd. Martin! Martin?"

Blodeuwedd yn mynd yn wyllt

Roedd pobol yn rhedeg i bob cyfeiriad ac yn sgrechian, rhai ag anafiadau difrifol. Roedd sawl car wedi cael ei droi ar ei ben a sawl adeilad yn ddim ond pentwr o sbwriel lle roedd Blodeuwedd wedi cerdded trwyddyn nhw fel petaen nhw'n adeiladau papur. Roedd larymau'n canu ar hyd y strydoedd.

Llwyddodd Martin a Lila i gwrdd y tu fas i neuadd y drcf, un o'r adciladau mwyaf yn Nhregolew. A dyna lle roedd Blodeuwedd. Roedd ei gwreiddiau a'i ffrondau'n ymgordeddu o amgylch un ochr i'r neuadd.

"Ti'n meddwl y gallwn ni ei helpu hi?" gofynnodd Martin.

"Gobeithio."

Erbyn hyn roedd y dref yn fwrlwm o seirenau heddlu, ambiwlansys ac injanau tân ac yn yr awyr roedd sawl hofrennydd yn hofran. Roedd timau o newyddiadurwyr a chamerâu yn ffilmio ar gyfer rhaglenni newyddion mewn sawl iaith. Roedd stori dinistr Blodeuwedd yn lledaenu ar draws y byd. Doedd y gohebwyr ddim yn gwybod sut i'w disgrifio. Yn gyntaf roedd hi'n "anifail gwyllt", wedyn yn "anghenfil" ac yna yn "anghenfil o blanhigyn". A dyna'r disgrifiad gorau.

"Wyt ti'n credu y bydd Blodeuwedd yn ein nabod ni, tasen ni'n gallu symud yn nes ati?" gofynnodd Martin.

"Sdim ond un ffordd i ffeindio mas," meddai Lila. "Os yw hi'n ein cofio ni, fydd hi ddim yn ein bwyta ni."

"Os nad yw hi'n ein cofio ni, fe gawn ni'n bwyta!" meddai Martin. "Sori, ond dwi ddim eisiau cael 'y mwyta!"

"Dwi'n weddol siŵr y bydd hi'n ein nabod ni," meddai Lila.

"Yn *weddol* siŵr?"

Symudodd y ddau i gyfeiriad prif fynedfa'r neuadd.

"Hoi! Ble y'ch chi'ch dau'n mynd?"

"Ie," meddai Ray. "Chewch chi ddim mynd mewn i'r neuadd."

"Pam?" gofynnodd Lila.

"Ymm, chi ddim wedi sylwi?" meddai Roy. "Mae deilen fresych anferthol yn hongian oddi ar y wal!"

"Ie, bresych," meddai Ray.

"Mae'n rhy beryglus i chi fan hyn," meddai Roy. "Bydd milwyr yn dod mewn munud i'w saethu."

"Na!" gwaeddodd Martin.

"Chi wedi gweld y ffilm *King Kong*?" meddai Ray. "Yn y diwedd, y fyddin sy'n lladd yr anghenfil."

"Dewch," meddai Roy. "Awn ni â chi adre yn y car."

Gafaelodd Lila yn Martin gerfydd ei fraich chwith ac yn sydyn roedden nhw'n rhedeg. I mewn i'r neuadd â nhw a lan y grisiau, gan adael Roy a Ray ymhell ar eu hôl yn gweiddi'n ddiymadferth.

Blodeuwedd yn Rhydd

Roedd yr adeilad yn wag. Roedd pawb wedi gwrando'n ufudd ar rybudd yr heddlu i adael y lle. Ond dringodd Martin a Lila y lloriau o un i un. Wedi iddyn nhw gyrraedd y degfed llawr gallen nhw weld gwreiddiau, ffrondau a dail Blodeuwedd drwy'r ffenestri. Roedd hi wedi'i lapio'i hun o amgylch y neuadd.

"Dwi ddim yn gallu gweld ei phen," meddai Martin wrth nesáu at un o'r ffenestri. "Dwi ddim yn credu y bydd hi'n gallu fy nabod i heb 'y ngweld i."

"Dere rownd i'r ochr arall," meddai Lila.

A dyna lle roedd wyneb Blodeuwedd, neu'r hyn oedd yn cyfateb i'w hwyneb – y pedair deilen fawr a ffurfiai ei cheg a thri o deimlyddion.

"Mae'n nabod fi," meddai Martin wrth weld y teimlyddion yn ymateb i'w symudiadau.

Agorodd un o'r ffenestri a chyffwrdd â dail mawr ei phen. Yn dyner iawn, anwesodd Blodeuwedd ei ddwylo ef a Lila.

"Ti'n cofio dy ffrindiau," meddai Martin. "Ti wedi cael amser cyffrous iawn, on'd wyt ti, Blodeuwedd?"

"Pam wnest ti ddinistrio'r rhan fwyaf o adeiladau'r dre ond ddim yr ysgol?" gofynnodd Lila.

Ni ddaeth ateb.

Edrychodd y ddau drwy ddail a ffrondau Blodeuwedd a gweld bod torf o bobol wedi ymgasglu i weld y planhigyn mawr. Roedd y rhain i gyd wedi anwybyddu rhybudd yr heddlu. Yn eu plith gallen nhw weld Dr Gowdie, Ms Carson a Mrs Hammer. Yno hefyd roedd Siwsi, mam Martin – oedd â golwg bryderus ar ei hwyneb – a thad Lila.

"Dwi'n synnu bod Dad wedi dod," meddai Lila.

Yna, daeth llais cyfarwydd drwy uchelseinydd, er nad oedden nhw'n siŵr ai Roy ynteu Ray oedd yn siarad.

"Dewch lawr, blantos! Dyw hi ddim yn saff."

Mae'n debyg taw'r sŵn gweiddi a ddychrynodd Blodeuwedd oherwydd llithrodd yn uwch i fyny ochr yr adeilad.

Yn sydyn, rhwygwyd yr awyr gan sŵn gynnau'n tanio. Roedd y saethu'n dod o'r llawr ac o'r hofrenyddion uwchben.

"Dere, glou," meddai Lila. "Rhaid bod ffordd inni fynd lan i'r to."

Daethon nhw o hyd i set arall o risiau a drws yn y pen uchaf ac yna dyna lle roedden nhw, ar ben y to gyda Blodeuwedd. Roedd hi wedi tyfu'n anferth a theimlai'r ddau fel pryfed bach wrth ei hochr hi.

"Peidiwch â saethu!" gwaeddodd Martin a Lila gan sefyll o flaen Blodeuwedd a chwifio'u breichiau.

Wrth weld y ddau ar ben y to gyda'r planhigyn, aeth cri drwy'r dorf a stopiodd y saethu. Ond roedd Blodeuwedd wedi cael ei hanafu.

"O na!" meddai Martin. "Mae gwaed gwyrdd yn dod mas ohoni. Maen nhw'n siŵr o'i lladd hi!"

Caeodd Lila'r drws a'i folltio.

"Fydd hwnna ddim yn cadw'r heddlu mas yn hir iawn."

"Ond fe allwn ni fargeinio â nhw," meddai Lila. "Gallwn ni fynnu eu bod nhw'n ffeindio lle addas i gadw Blodeuwedd."

"Neu?"

"Neu fe wnawn ni daflu'n hunain o'r to."

"Paid â bod yn dwp."

"Dim ond bygwth. Bydd yn rhaid iddyn nhw wrando arnon ni wedyn."

Clywodd y ddau sŵn traed yn agosáu ac yna sŵn curo ar y drws.

Ond doedd Martin na Lila ddim yn cymryd sylw. Roedd rhywbeth yn digwydd i Blodeuwedd!

Roedd hi'n newid ei ffurf.

Roedd rhai o'i dail yn dod ynghyd ac yn ffurfio adenydd, a'i gwreiddiau'n troi'n ddwy goes hir a chrafangau.

O flaen eu llygaid, trodd Blodeuwedd yn aderyn anferthol.

Estynnodd ei hadenydd newydd,

codi i'r awyr

ac ehedeg i ffwrdd.

Elgan Philip Davies

ERGYD
DRWY AMSER

'Cododd y reiffl ac edrych
drwy'r ysbienddrych'

Cyfres yr Onnen

y Lolfa

£5.95

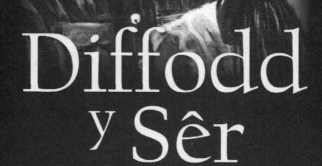

HAF LLEWELYN

Diffodd
y Sêr

HANES HEDD WYN

y Lolfa

£5.95

Cododd y prism ac edrych trwyddo. Roedd lliwiau'r enfys dros y byd i gyd.

PRISM

MANON STEFFAN ROS

£5.95

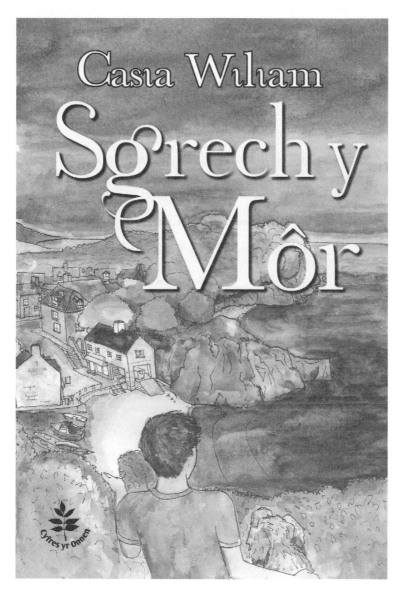

Casia Wiliam

Sgrech y Môr

Cyfres yr Onnen

£5.95

Am restr gyflawn o lyfrau'r Lolfa, mynnwch
gopi am ddim o'n catalog
neu hwyliwch i mewn i'n gwefan

www.ylolfa.com

lle gallwch archebu llyfrau ar-lein.

TALYBONT CEREDIGION CYMRU SY24 5HE
ebost ylolfa@ylolfa.com
gwefan www.ylolfa.com
ffôn 01970 832 304
ffacs 832 782